使用塔羅牌的神祕魔力和黑暗世界戰鬥吧！

塔羅牌驅魔師

雪原雪
トリカワ

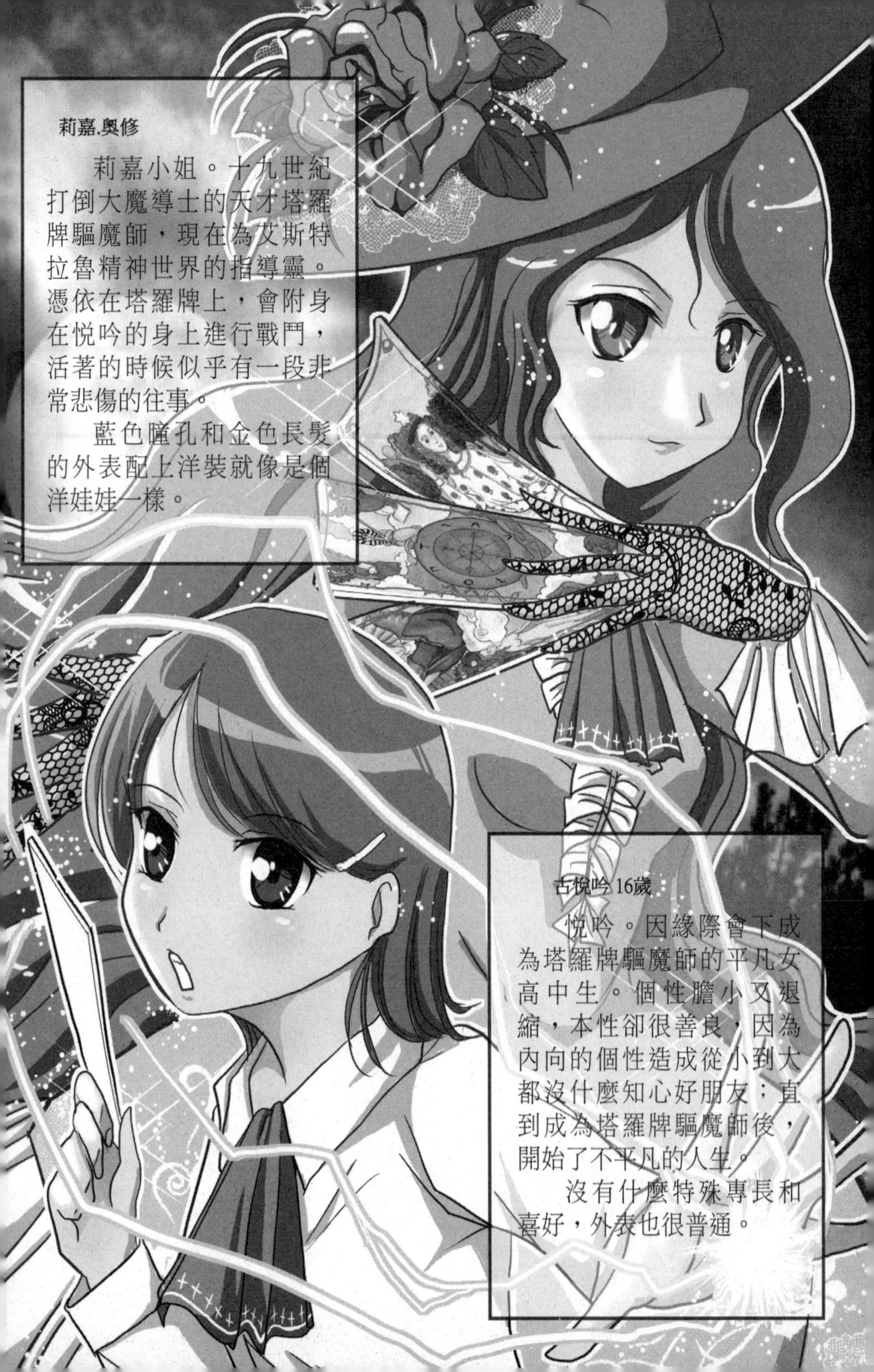
莉嘉.奧修
莉嘉小姐。十九世紀打倒大魔導士的天才塔羅牌驅魔師，現在為艾斯特拉魯精神世界的指導靈。憑依在塔羅牌上，會附身在悅吟的身上進行戰鬥，活著的時候似乎有一段非常悲傷的往事。
藍色瞳孔和金色長髮的外表配上洋裝就像是個洋娃娃一樣。
古悅吟 16歲
悅吟。因緣際會下成為塔羅牌驅魔師的平凡女高中生。個性膽小又退縮，本性卻很善良，因為內向的個性造成從小到大都沒什麼知心好朋友；直到成為塔羅牌驅魔師後，開始了不平凡的人生。
沒有什麼特殊專長和喜好，外表也很普通。

陳期廣 17歲
小廣。學生會的書記，娃娃臉又常常出現在公眾場合很受女孩子的歡迎，甚至還有粉絲團的存在，被稱為最有可能成為下任學生會長的人選。個性有些急躁卻很公正又熱心，但是對於欣語一點抵抗力都沒有。
黃巧菱 17歲
巧菱。有察覺氣場的特殊能力
也是欣語超自然研究社的副社長。很
自己的主見個性又冷靜，頭腦也非常
好，是超自然研究社最值得信賴的
援；因為近視很重，所以常常會去推
鏡；手很巧能製作許多東西。
因為個性怪異在學校評語很不好
但實際上是個氣質美女。
林欣語 17歲
欣語。超自然研究社不可思
的美女社長，對超自然研究很有
趣。外表漂亮卻總是躲在超自然研
社內很少外出活動，臉上總是有著
切的微笑；喜歡鮮奶油奶茶，身材
保持的非常好。
侯長佑 16歲
長佑。悅吟的同班同學，身材健壯又帥氣高大，很受女同學的青睞。個性雖然有些衝動，但是非常有正義感，主動和悅吟搭訕成為了自己活下去的契機。很擅長球類運動，卻不喜歡甜食。

雷爾法
闇夜星辰四位艾依瓦斯使者之一，是個殘忍又充滿邪惡智慧的老人。穿著破爛骯髒的黑色斗篷，會發出令人不悅的笑聲，對於闇夜星辰組織非常衷心，一輩子的願望就是讓克勞斯利復活，年齡推估有一百歲以上。
黑色塔羅牌『黑暗隱者』的操控者，除此之外還隱藏著另一種更強大的黑魔法，據說看過的人沒有一人還活著。
海柔爾
闇夜星辰四位艾依瓦斯使者之一，別名『薔薇魔女』。總是穿著黑色皮衣拿著黑色短鞭，帶著黑色薔薇進行戰鬥；一頭銀白色雙馬尾髮型非常亮眼，卻在漂亮的外表下藏著一顆冷酷的心。
能使用黑色塔羅牌『黑暗魔導士』的能力，也能控制強大的魔狼芬里爾。

prolog……

「就是這邊了，妳祖父的老家。」一位看起來臉色蒼白的中年男子，對著一位年輕的女孩子說著：「悅吟，雖然妳沒有和妳的祖父見過面，但是如今我們可能要繼承這一棟房子了。」

被喚作悅吟的女孩子沒有說話，只是靜靜的看著在郊區這一棟三層樓高的房子，雖然稱不上別墅或是豪宅，不過以年代看來也已經有三十年以上，以價格來看，在當年也是很不便宜，感覺起來沒見過面的祖父似乎經濟能力很好。

「爸爸……我們真的要搬回來這裡嗎？」悅吟轉過頭看著中年男子問著。

「暫時住進來吧！也必須看看屋內的狀況。」悅吟的父親用鎖匙打開了鐵門，和悅吟一起走進了屋內。

悅吟和父親看了看屋內，有許多的骨董和國外特別的東西，看起來悅吟的祖父很喜歡收集一些奇珍異寶，是個收藏家的樣子；悅吟從父親口中知道，早年祖父就靠著販賣骨董或古玩賺了不少錢，原本祖父希望悅吟的父親——唯一的獨生子繼承自己的事業，沒想到悅吟的父親年輕時想要追尋自己的人生，兩人大吵一架後，便整整二十多年沒再見過面。

二十多年來，悅吟的父親成了頗負盛名的攝影師，而悅吟從來沒見面的祖父，據說在前往某個國家時，因為飛機失事連屍體都找不到……也因為這樣，父親和十六歲的悅吟，來到了這棟祖父生前所留下來，塞滿了骨董的房屋中。

「悅吟，這個給妳。」悅吟的父親拿了一大串鎖匙，交給了悅吟，「這些是房屋內的鎖匙，這幾天妳有時間，可以幫忙整理一下祖父的東西，如果看到有值錢的物品，我再拿去拍賣也可以。」

「幫忙整理嗎……」悅吟看著今天帶回來的制服和書包，喃喃自語著。

一直以來，悅吟都在都市讀書，這一次因為父親知道祖父已經往生了，所以決定和悅吟一起回到了久違的老家，悅吟也因此選擇了這一所評價很不錯的泰羅綜合學校，若不是悅吟的成績還算不錯，恐怕也無法這麼順利的進入這間泰羅綜合學校就讀。

悅吟跟著父親來到了二樓，悅吟的父親打開了一間房間大門：「悅吟，這間房間就給妳使用吧！我前幾天就已經先請人都清理好了。」

悅吟發現房間內很乾淨，採光也非常的好，或許接下來在這邊住的日子，可以期待住得很開心吧！

當天悅吟和父親開始整理著一堆祖父留下來看似骨董，卻又不知道有何用處，或是有何價值的東西；在收藏家眼中能高價賣掉的東西就是骨董和寶物，若是賣不掉的東西，就很有可能淪落成為垃圾，因此悅吟的父親很認真的分類著許多看似貴重，卻又不知道能做什麼的收藏品。

一開始悅吟很好奇，每一樣東西都想要盡可能搞懂來歷和年份，但是一整天下來，悅吟也慢慢覺得疲倦了，在父親接了一通電話走出三樓的書房時，悅吟走進了祖父書房，在書桌前坐了下來。

祖父的書桌很華麗，也很氣派，從桌上很高貴的鋼筆看起來，祖父肯定是個有頭有臉又很拘謹的人，這時候悅吟也才注意到，書桌上有一個被蓋起來的直立式相框，悅吟好奇的打開來看，發現是年輕時的父親和祖父的合照。

「嘻嘻！爸爸這張照片看起來好年輕！」悅吟邊笑邊把相框擺正，仔細端詳了相片中的祖父，穿著西裝又戴著金邊眼鏡，似乎真的是個不苟言笑的人。

悅吟在笑的時候沒有注意到，竟然不小心把桌上的一些文件碰掉到地上！悅吟趕緊蹲下來，想要將這些散亂的文件撿起來，卻發現在旁邊的玻璃門書櫃的底層，有一個看起來很高級的木製箱子，上面還有一個小小的金鎖。

「咦？那是什麼東西？」悅吟顧不得散落的文件，打開玻璃門後，馬上就將底層的木頭箱子拿起來放在書桌上，「這個小箱子還不輕呢！」

這個木頭箱子並不會很大，長寬也只不過四十多公分左右而已，很像是小型寶箱的感覺；悅吟原先想要直接打開來看看，卻發現金鎖將箱子關得很緊，就算想用蠻力也打不開；原本想要放棄的悅吟，發現了木箱的正上方有一行小字。

那行小字很像是英文的草寫，而且雕刻得非常精細，悅吟仔細看了一下，發現是英文字母「TAROT」。

「Tarot？」悅吟想了一下這個英文單字，突然恍然大悟，「咦？難道是塔羅牌？祖父也會收藏塔羅牌嗎？」悅吟突然感覺既興奮又緊張，神祕的塔羅牌占卜面紗，一直很吸引著悅吟。

可是金鎖打不開，這讓開了半天的悅吟有點失望，突然悅吟想到了父親給自己的一大串鎖匙！悅吟從口袋中拿出鎖匙，一把一把的檢查……突然發現一大串的鎖匙中，有一把小小的黃金色鎖匙。

「難道是這個？」悅吟拿起來嘗試插進金鎖內……過了幾秒鐘，『咖』的一聲被悅吟轉開了！

悅吟有些興奮的小聲喊著：「哇！真的是這一把！」緊張又興奮的情緒，讓悅吟的手微微顫抖，拔出了金鎖匙後，打開了木箱的蓋子……

木箱內，除了有很漂亮的暗紫色絨布外，還有一個漂亮的袋子，袋子看起來也是暗紫色的，上面有一個很漂亮的五芒星，看起來塔羅牌應該是放在這個布製的袋子內；悅吟想都沒想，就打開了這個小布袋，看到了裡面真的有一疊看起來像是卡片的東西！應該不會錯！這應該就是塔羅牌！悅吟高興的將卡片拿出來看。

悅吟失望透頂……上面每一張卡片的正、反面都是空白的。

「這是那門子的惡作劇嗎？」悅吟有些不開心的嘆了一口氣，將牌直接放回木箱內，想蓋起木箱；突然一股電流像是穿透了悅吟的全身，這讓悅吟有些發冷！過沒多久，悅吟感覺昏昏沉沉，似乎很想要睡覺。

悅吟關上木箱，隨意將木箱放到了旁邊的書櫃上：「奇怪，怎麼突然會那麼想睡？今天先這樣好了……」悅吟有些搖搖晃晃的離開了書房，看了一眼還在講電話的父親後，便走回自己的房間，倒頭就睡……

閉上眼睛的悅吟，沒有注意到自己的床旁邊，站著一個若隱若現、半透明的漂亮年輕女孩子，正看著自己……

「被選上的人啊……順從自己的命運吧！」年輕的女孩子說完後，消失了蹤影。

CONTENTS
目錄

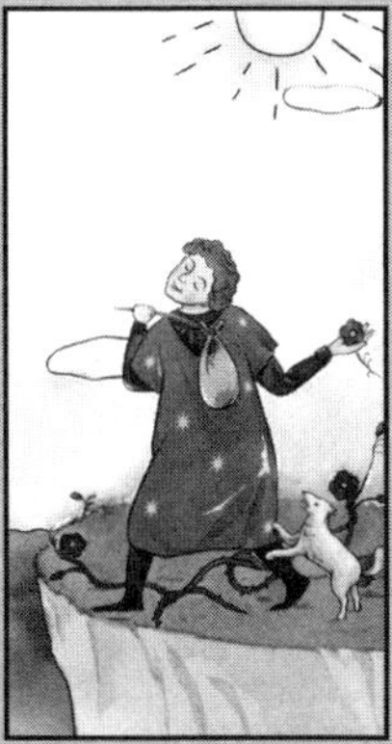

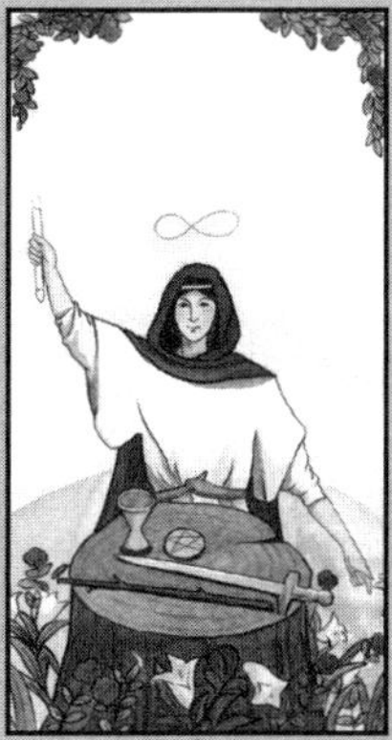

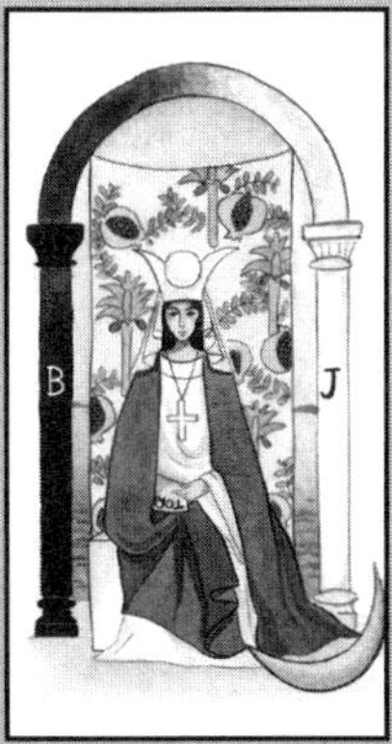

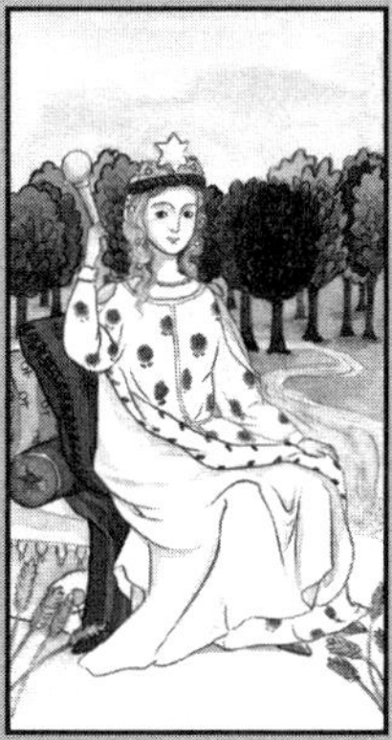

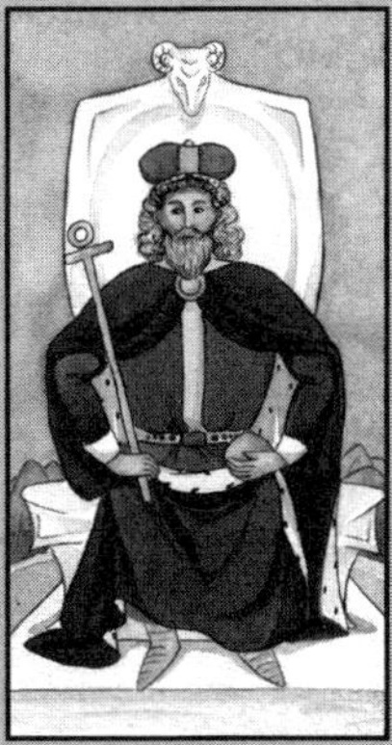

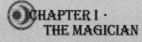

Chapter 0.The Fool

「爸爸要出門了，要晚上很晚才會回來，妳今天放學後自己在外面吃飯吧！」

一大早，悅吟的父親對著悅吟說完話後就出門了，悅吟點點頭邊吃著吐司，喝完了牛奶以後揹起了書包。

「今天是第一天正式上課，希望能認識好朋友呢！」悅吟出發後，在路上自言自語的說著。

泰羅綜合學校是一所特別的私立學校，自由和創意的校風，深受許多學生歡迎；位於郊區靠近山區的校舍，也讓校園顯得更加優美，有不少學生很喜歡利用課餘時間，在大操場上欣賞美景，或是假日時到附近山區爬山，眺望美麗的校園；校園內的警衛設備也很不錯。治安和高升學率以及優美的環境，讓泰羅綜合學校一直以來都是學生嚮往的學校；學校內同時設有五專和大學、二技等學部，讓這所學校更充滿了活力。

「要不要參加文藝社？我們可以一起朗讀世界名作喔！」

「壘球也有女子隊！要不要參加？我們一起揮灑青春吧！」

「學妹那麼可愛，一起來參加熱舞社吧！」

一進入學校，滿滿的社團招募人員搶著和新生說話，悅吟只是笑笑的點點頭後快速離開；悅吟剛搬來這邊，除了人生地不熟之外，對於很多事情也缺乏幹勁，所以對於要參加什麼社團，還沒有那麼多的想法，社團什麼的以後再說好了。

不遠處，有人一直看著悅吟。

「那女孩……到底是被什麼東西跟著……」一位戴著眼鏡的女學生，一直盯著快速離開的悅吟。

旁邊一位長髮的女學生走過來詢問：「巧菱，妳在看什麼？」

「欣語，妳有看到嗎？就是那一位！」巧菱推了推眼鏡繼續說著：「一般有髒東西附著著，應該是黑色的氣息，可是那個女孩子，卻是被一團看起來能量很強的白光給籠罩著。」

「我看不到呀！」欣語搖搖頭微笑著，美麗柔順的長髮，讓欣語的漂亮臉蛋在陽光下更顯耀眼，「這麼有興趣，要不要招募那位女孩子加入社團呢？」

「嗯……再看看吧！」巧菱轉過頭，繼續拿著社團牌子招攬著新生。

欣語又看了一眼教學大樓後，轉過頭微笑著繼續招攬新生。

悅吟並沒有聽到兩人的對話，匆匆忙忙的進到了教室；教室內因為彼此都是新生，所以只聽到幾個人小聲說話的聲音，氣氛並不是很熱絡。

或許，可以交到好朋友吧……悅吟邊想邊找個位置坐下。

導師進來之後，全部的同學都做了簡單的自我介紹，悅吟開始了新的學校生活。

＊

經過了一天的課程，悅吟離開了教室，雖然操場上還是有許多社團在招攬新生，但是悅吟就是提不起興趣；不知道是不是剛搬來的關係，總感覺身體非常的疲憊，這讓悅吟提不起精神，這樣下去真的能交到朋友、享受校園生活嗎？悅吟有點不安，忍不住嘆了一口氣。

「請問。」背後傳來了一位男性的聲音。

「嗯？」悅吟轉過頭去，發現是一位穿著泰羅綜合學校校服的男學生，「有什麼事情嗎？」悅吟有點退縮，不自覺繃緊了身體。

「啊！不要緊張，我不是壞人。」男同學笑笑的說著：「我是侯長佑，我記得妳的名字是古悅吟吧？我們是同班同學，妳的自我介紹，讓我記住妳了唷！」長佑露出了笑容，看起來態度很自然的樣子。

悅吟仔細看了一下長佑，點點頭說著：「嗯！我對你也有印象。」長佑長得還算蠻高的，樣貌也很帥氣，這讓悅吟的戒心一下子放鬆了許多，「有什麼事情嗎？」

「也沒有啦！」長佑笑笑的說：「看妳走這條路，是不是剛好回家的路也是這一條呢？我住的地方也是比較靠近郊區，從學校回去也要走這一條路；而且我一直很介意，妳不是說妳姓古嗎？」

「嗯！」悅吟點點頭。

長佑好奇的問著：「這條路的住戶不多，還是說妳和那位賣古董的古老先生有關係？」

「他是我祖父。」悅吟回答著。

「哇！古老先生原來有孫女啊！」長佑搔搔頭，臉帶不解的問著：「之前都沒聽過古老先生有孫女，怎麼突然出現了呢？」

「長佑同學和祖父很熟嗎？」悅吟不解的問著。

「呵呵！也不算熟啦！」長佑邊走邊說著：「因為以前喜歡一些奇奇怪怪的東西，所以小時候開始，就偶爾會和古老先生碰面聊天，再加上住的不會很遠，我小學的時候如果無聊，就會跑去看古老先生的收藏品；後來年紀大一點就比較少再去了，只有偶爾碰了面還會聊聊天。」長佑嘆了一口氣後繼續說著：「要不是古老先生突然出了意外，說真的，我還是會想再去找他聊聊天、看看他的收藏品呢！」

兩個人很自然的邊走邊聊起來，這段路也就不會感覺孤單；長佑禮貌又帥氣的外表，讓悅吟留下了很好的印象。

長佑在一個叉路停下來，對著悅吟說：「那麼，我往這邊走，明天學校見嘍！」長佑揮揮手笑著說：「那再見嘍！很高興認識妳！」說完後就轉身離開了。

「啊——嗯——再見！」悅吟也揮揮手，突然臉紅了起來，從小悅吟就比較內向，幾乎不好意思和男性聊天，幾乎一個異性朋友也沒有；再加上悅吟不擅長表達自己的想法，從小到大在團體中，幾乎也沒有知心的朋友；這次長佑主動搭訕，讓悅吟心情變得很好，突然覺得或許真的可以交到知心的朋友呢！

而在放學之後的學校，許多社團仍然在招募新生，許多社團的介紹，或是體驗入社的活動，讓每個社團簡直忙翻了！這時候學生自治會的成員出現在操場，便開始傳來一些女同學的尖叫聲。

「呀——小廣學長！」

「小廣——我們都愛你！」

在學生會自治成員中，有一位長相秀氣，看起來很有氣質的男同學，雖然身高並不是很高，甚至可以說身高有點矮，可是娃娃臉再加上頗有親和力的笑容，讓許多女同學都將目光移向了被稱作小廣的男同學。

小廣微笑著向大家揮揮手，和學生會的成員一起走回學生會教室。

「本身的氣場就很強，真的是很受歡迎呢！」站在角落的巧菱推著眼鏡說著：「這麼受女孩子歡迎，又受男性朋友的信賴，雖然現在只是學生自治會的書記，但是下一任學生會長應該非他莫屬。」

「是說陳期廣吧？」欣語撥了一下擋住眼前的長髮，慢慢的說著：「明明只是自治會的書記，他卻能常常代表學生會，參與許多演講和朗讀的比賽，如此出盡風頭，無形中累積了許多粉絲呢……是因為娃娃臉很受女生歡迎嗎？」

「娃娃臉是嗎？」巧菱面無表情的回答著：「在我眼中，他也只是氣場比較強大而已，是不是娃娃臉，或是不是所謂的正太屬性，真的不是我在意的點。」

「每次都說氣場、氣場，我也看不到呀！」欣語有點抱怨的說著。

「嗯——真的很抱歉。」巧菱邊笑邊推了一下眼鏡後說著：「就算看不見氣場，大家還是會感受得到每個人的氣場……就像欣語妳一樣，那種溫柔又令人感覺到溫暖的氣場，只要有機會讓大家感受到，一定也會很受歡迎的。」

欣語笑著說：「想太多了！現在只要能招募到新社員，受不受歡迎我看不重要吧！再這樣下去，我們社團人數會不夠的呢！」

「是啊！怎麼今年退社的人那麼多呢……」巧菱將社團的招募傳單拿起來看，眼神多少有點失望。

「沒辦法，這幾年都是熱音社和熱舞社比較受歡迎，看來我們可能只能期待上天派給我們新社員了。」欣語邊說邊望向了天空：「都黃昏了，今天我們就先回家吧！」

巧菱想將手上的社團招生傳單整理一下，其中一張傳單卻不小心被風吹走了！

傳單上寫著「超自然研究社」。

＊

「奇怪……今天好疲累。」

回到家後的悅吟躺在床上，總感覺今天的疲累感讓全身都沒有了力氣，連頭腦都有點暈眩，甚至還有些許噁心想吐的感覺，這讓悅吟完全沒有食慾，晚餐什麼的就別吃了吧！悅吟的意識開始慢慢的變得模糊，很快的進入了夢鄉……

夢中的悅吟站在白霧之中，周圍看不到一點景色；悅吟毫無目的的走著，眼前突然出現了一間小木屋。

一棟白色木牆，屋頂是藍色的小木屋。

悅吟毫不考慮的走了進去，發現一間擁有火爐，卻又很樸素的小客廳。

悅吟四處張望了一下，發現火爐瞬間冒出火苗，剎那間整棟小屋也跟著溫暖了起來，這讓悅吟稍微嚇到，並向後退了幾步。

「請不要害怕。」悅吟的身後傳來了很清脆的女性聲音。

悅吟回頭看，發現一位穿著白色和粉紅色相間的洋裝，感覺起來很漂亮的外國

女性；雖然看不清楚臉的輪廓，飄逸的金色長髮，讓這位年輕女孩子，給悅吟一種說不出來得高貴氣質。

悅吟問著：「妳是誰？」悅吟邊問邊上下打量著眼前這位漂亮的外國女孩，甚至搞不清楚自己到底是在作夢，還是在幻境之中；但是無論悅吟想要多麼仔細看，卻始終看不清楚女孩子的臉。

「我是『莉嘉．奧修』，是金色黎明的塔羅牌占卜師，妳可以稱呼我莉嘉。」莉嘉邊說邊坐到一張豪華的單人椅上，「妳看到的塔羅牌，就是我的。」

「塔羅牌？」悅吟想了一下後說著：「妳是說那一副空白牌嗎？」

莉嘉笑笑的說著：「那不是空白牌，那是擁有魔力的塔羅牌；那副塔羅牌擁有我的魔力和精神力，所以只有在需要塔羅牌力量的時候，封印才會解除。」

「聽起來好複雜喔！」悅吟這時候又問道：「這裡是那裡？還有妳說的金色黎明又是什麼東西？」

莉嘉微笑的說著：「金色黎明是十九世紀時英國的一群神祕學研究者，所創立的研究協會，其前身是早在十四世紀時就已成立的薔薇學會，研究神祕學可以說已擁有漫長的歷史。」莉嘉邊說，邊從座位上站起來，「這裡是『艾斯特拉魯』中的精神世界，存在著結界和魔力，也是介於人世間和其他世界的中間位置。」

「十九世紀……精神世界……」悅吟越想臉色越蒼白：「所以，妳是鬼？」悅吟一想到這裡，瞬間感到非常恐懼，這時候旁邊的爐火像是被風吹過一般，一閃一閃的讓悅吟更陷入不安的情緒中。

「請不要害怕。」莉嘉將自己的金髮稍微用手梳了一下，緩緩的說著：「我不是鬼！而是守護者！有的人稱呼我為指導靈或是意識界的天使、守門人！」莉嘉走到了悅吟面前，握住了悅吟的雙手。

悅吟心中就像是湧起了一股暖流，瞬間將悅吟懼怕的心安撫了下來。

「『闇夜星辰』組織的大黑魔導士『克勞斯利』就快要復活了，妳一定要代替我出來挺身戰鬥。」莉嘉邊說邊將手中的那道光球放到了悅吟手中，「被選中的妳，一定會有危險襲來，請務必要小心！」

悅吟手中的光球越來越強，悅吟忍不住閉上了眼睛……

一瞬間，悅吟張開眼睛發現，自己早就躺在自己的床上，沒有什麼小木屋，也沒有什麼外國年輕女性，靜悄悄的就像是什麼事也沒發生過一樣。

只是一場夢嗎？不過這個夢境似乎存在著真實感，無論是剛才聞到的炭火味道、還是雙腳踩在小木屋木頭地板上的感覺，甚至是嘉莉握著自己雙手時，一股暖流流遍全身的感覺……悅吟都覺得非常不可思議。

也許只是一個夢吧？悅吟坐起身後，不自覺的看向了書桌……悅吟瞬間臉色開始發白，一股電流從腳底衝上了頭皮，讓悅吟久久說不出話來。

不知道什麼時候，原先放在祖父書房的「空白塔羅牌」，竟然靜靜的放在悅吟的書桌上。

是爸爸放的嗎？不，爸爸出門的比自己早，難道是有人趁自己睡著的時候進來放的嗎？悅吟站起身走到了房門旁，發現門是鎖著的；看看時間大約是晚上八點鐘，似乎回來後睡了兩個小時。

為什麼塔羅牌會在書桌上？難道夢境是真的？真的有這種事？悅吟走到了書桌的前面後，盯著塔羅牌看著；緊張的情緒讓悅吟忍不住吞了吞口水。

木箱子已經沒有了，只剩漂亮的絲質袋子，上面漂亮的五芒星，讓悅吟一下子就認出了這就是那一副空白的塔羅牌。

悅吟不太確定自己是不是該拿起這副塔羅牌，只是愣愣的看著；應該要拿起來嗎？還是應該要裝作沒有看到呢？雖然不太曉得該怎麼辦，悅吟還是鼓起勇氣，將空白塔羅牌拿了起來……

就像是一股電流再度流竄悅吟全身，悅吟就在這一瞬間，看到了許多的幻象，畫面和聲音就像是直接在悅吟的腦海中播放出來！

在那一瞬間，悅吟看到了在一片火海中的莉嘉，以及許多陌生人圍著一位穿著黑色斗篷的老人，在激烈的戰鬥中發生了大爆炸！黑色斗篷的老人化成碎片消失得無影無蹤，而受重傷的莉嘉在其他人的圍繞之下，閉上了眼睛。

許多怪物和奇怪的生物，也化成了發光的碎片散落在空氣之中……

讓悅吟印象深刻的是老人的黑色斗篷上，印有一顆非常顯眼的六芒星。

「妳見到的，就是過去曾經發生過的事情……」悅吟的腦海中響起了莉嘉的聲音，那個聲音帶著淡淡的悲傷，「當年我的年紀就和妳差不多，我在金色黎明同伴的幫助下，成功的阻止了大黑魔導士『克勞斯利』，卻也在激戰過後，和許多同伴一起成為了『艾斯特拉魯精神世界』的指導靈。」

悅吟發現自己的意識漸漸的回復，悅吟也發現眼前有一張空白牌浮在半空中，慢慢的發出了光芒後，出現了一個圖案。

圖案中有一個男子背著一個小包袱，手上拿著一朵小花，正走向一個波濤洶湧的斷崖，旁邊有一隻小狗像是在警告似的，對著男子狂吠。

「編號00，大阿爾克牌中的『愚人』，擁有將對手黑魔法無效化並吸收的能力，同時象徵著妳就是擁有這套『莉嘉能力塔羅牌』的正式繼承者：塔羅牌驅魔師。」

悅吟頓時覺得全身充滿著一種說不出來的力量，看著這一張「愚人」的牌發呆著。

這些塔羅牌到底有什麼功用？大黑魔導士又是誰？什麼是闇夜星辰？現在成了塔羅牌驅魔師又要做什麼？

滿懷著疑問的悅吟只能一直盯著塔羅牌，卻不知道下一步要做什麼。

然而這樣的疑惑在幾天之後即將獲得答案，只是危險的程度絕不是悅吟所能想像得到的……

＊

在遙遠的海岸另一端，似乎是在某個國外的海岸邊的大別墅內。

四位穿著黑色斗篷的人聚在一個黑色房間內，每個人的眼前都擺著一顆水晶球。

「哼！哼！……似乎莉嘉‧奧修的繼承者出現了。」一個帶有穩重聲音的男子說著。

「沒有什麼問題，只要找到那位繼承者，毀了塔羅牌並殺了他就可以了。」另一位年輕女子的聲音。

「似乎是在亞洲的某個小島……有誰要去處理一下嗎？喀！喀！喀！」這一次是個老人的聲音。

「只要『克勞斯利』大人的靈魂能快點復活，這樣子新世界就可以降臨了呢！」這次是小女孩的聲音。

一位身穿黑色斗篷的人站起身開口說著，發出了年輕女孩子的聲音：「金色黎明的其他繼承者已經有三位被我們給殺死了！」年輕女孩子說完，拿起了水晶球：「這一次這一個剛繼承莉嘉・奧修的塔羅牌術士，就交給我吧！」

所有人看向了站起身的年輕女子。

「喀！喀！喀！絕對不許失敗，那就交給妳了！」老人說完話後，咳了兩聲。

「嘻！嘻！那等妳回來就一起迎接『克勞斯利』大人吧！」小女孩興奮的說著。

「莉嘉在世時能力堪稱和『克勞斯利』大人不相上下，『黑色薔薇魔女』海柔爾，妳可不能失敗了！」聲音穩重的男子告誡著。

海柔爾走出了房門後，直接走到了房子外的海岸邊，月光灑下來，剛好將海柔爾的樣貌照得一清二楚。

穿著黑色皮衣、拿著短皮鞭的海柔爾，露出了滿滿殺意的笑容，在海柔爾的左手上，出現了一朵黑色玫瑰。

「願我們闇夜星辰的黑玫瑰，在妳的屍體上綻放。」海柔爾說完後，黑色玫瑰花瓣緩緩的飛向了天空……

Chapter I.The Magician

風不停的吹著，今天的天氣非常的不穩定，讓人覺得有些焦躁不安。

悅吟走在通往學校的路上，一直想著那副塔羅牌的事情；已經過了整整三天了，別說什麼大魔法師復活，連一點鬼影子都沒看到；如果不是當天親眼目睹發光的塔羅牌出現了「愚人」的圖案，整件事情悅吟都會當作是一場白日夢。

出現愚人塔羅牌的隔天早上，悅吟問父親塔羅牌的事情，父親滿臉不知情的模樣，滿腦子只想著最近要舉辦的劇團公演；悅吟父親似乎只為擔任總攝影的工作而傷腦筋，祖父的骨董家具整理販賣的事情早就被拋到腦後去了。

塔羅牌的事情根本沒有人可以商量，連個朋友說話的機會都沒有。

「早安啊！悅吟同學。」後方傳來男性的聲音。

悅吟轉過頭，發現是長佑同學主動和自己打招呼。

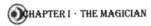

悅吟打起精神，勉強自己露出一個微笑：「早安！長佑同學。」

長佑盯著悅吟的臉看了一下，疑惑的問著：「咦？怎麼一點精神都沒有？睡不好嗎？」長佑自從上一次和悅吟一起放學回家後，就沒有機會再和悅吟說上話；開朗又帥氣的長佑很快就成為班上的風雲人物，健壯的身材再加上風趣又溫柔的談吐，無論是男生或是女生，都很快的和長佑成為麻吉。

最近放學後都忙著社團體驗，不只文藝社想要找長佑參加，連體育社團也有意思招募長佑參加各種球類或是陸上競賽，聽說連學生會都有意願想要和長佑見面聊聊看。

長佑跟自己說話，悅吟有點不好意思，同時也覺得很高興……能夠主動和自己說話的同學，目前就只有長佑了。

「沒事，沒睡好而已。」悅吟邊回答，邊害羞的低下頭。

長佑原本還想要跟悅吟說話，後面卻傳來幾個女孩子的聲音。

「長佑同學早安！」除了幾個班上的女孩子外，也有其他班上的女孩子。

「嘿！早安！」長佑禮貌的向幾個女孩子打招呼，原本想要轉頭繼續和悅吟說話，卻被幾個女孩子拉到後面去。

「長佑我跟你說唷！昨天的占卜電視節目，說我們水瓶座今天的戀愛運勢不錯唷……」很快的長佑就被幾個女孩子包圍住，長佑看了一眼悅吟後，轉過頭和女同學們聊了起來。

悅吟繼續往學校走去，心情總是覺得有些複雜。

「人長得帥真好，我們宅男只有晾在旁邊的分。」

「沒關係，我們宅宅有二次元就足夠了……」

剛好班上的男生們在旁邊閒言閒語，悅吟不理會他們自己往教室走去。

悅吟並不是不漂亮，而是因為個性內向又害羞的緣故，造成自己的存在感一直很薄弱；從小學到國中，每一次班上角落的位置都是悅吟自己坐，其他同學也總是將目光望向開朗又風光的班級風雲人物身上，而悅吟安靜又普通，一直到國中畢業，連個比較熟的朋友也都沒交到。

上了高中了，難道也要這樣一個人過嗎？悅吟生起了一點寂寞的感覺。悅吟放下書包坐上位置後，看著課本不發一語。

旁邊座位的幾個男同學在聊天時，聲音隱約傳進了悅吟的耳裡。

「喂！你知不知道啊？最近這幾天晚上，有會飛的怪鳥在攻擊路人！聽說有人被抓受傷了！」

「什麼鳥啊？能吃嗎？」另一個男同學不在乎的說著。

「聽說是長得很奇怪的鳥，像是蝙蝠又長著羽毛，附近的人已經報警了呢！昨天有人去看沒有看到，可能是跑到後面的山裡了。」

「去抓牠如何？搞不好可以上新聞拿獎金呢！」其中一個男同學說完後，其他人發出了贊成的呼聲。

「喂！長佑！」一個胖胖的男同學對著剛進教室的長佑喊著：「今天放學有沒有空？我們去後山抓怪鳥！」

「抓怪鳥？」長佑離開了女同學們，走向那群男同學；有幾個女同學還因此鼓著臉，似乎對於那群男同學叫走長佑覺得不太開心，對著那群男同學瞪了幾眼。

也許一個人久了，悅吟觀察人的敏銳度很強，一點細微的表情動作悅吟都看得很清楚。

突然悅吟有種耳鳴的感覺，接著一陣頭暈目眩，還帶有一種想吐的感覺！腦海中像是出現了莉嘉的身影。

「悅吟，剛剛聽了他們說的話，我有不好的預感。」莉嘉站在小屋的椅子前，看著悅吟繼續說著，「如果可以，能夠麻煩妳去看看嗎？」

悅吟頭又暈又想吐，只是心裡和莉嘉對話：「唔……妳這樣出現在我的腦海裡，我很不舒服呢！」只是光在腦海中和莉嘉對話，身體就非常的不舒服。

「妳會習慣的。」莉嘉笑笑的說著：「我很介意他們的對話，或許是附近的魔物開始甦醒了……」

「等等，我真的很不舒服……」悅吟忍不住想趴在桌上，似乎已經無法再忍耐下去了！「碰」的一聲，悅吟已經倒在地上失去了意識……

＊

「妳的身體還無法在有意識的時候和我對話。」

悅吟又來到了莉嘉的小屋內，這也是悅吟身體失去意識的證明。

悅吟有些不高興的說著：「這樣實在太過份了！我真的沒有辦法承受妳突然出現在我腦海中的感覺，萬一下次在危險的地方失去了意識怎麼辦？」悅吟一想到也許是在火車月台邊、高山懸崖邊、海邊、甚至是在人多的地方，失去意識被壞人帶走了怎麼辦？悅吟想到這裡，就覺得全身一股冷顫。

「讓我把力量借給妳吧！」莉嘉走到了悅吟面前，將右手放在悅吟的胸口上，「擁有人世間和艾斯特拉魯世界的能量啊！將其合而為一，並賜福予這位女孩吧！將能量祝福提升在這女孩的身、心、靈上吧……」在莉嘉祝福悅吟後，悅吟覺得身體內有一種很安詳的感覺……

＊

悅吟再度睜開眼睛！發現自己已經躺在家裡的床上了，悅吟的父親就坐在書桌前背對著自己寫著東西。

「爸爸？」悅吟起身喊著。

「妳醒啦？」悅吟的爸爸轉過身看著悅吟說著：「接到學校說妳暈倒的時候，快把我嚇死了！好在醫生說妳只是太過疲倦，多吃點營養的東西和多睡眠就可以了。爸爸最近比較忙，妳要好好顧好身體唷！等爸爸這次忙完後，會帶妳出去玩的！」

「嗯！」悅吟點點頭，知道爸爸忙碌都是為了這個家的未來，如果當初媽媽沒有離開，三個人都在該有多好……

悅吟的爸爸在電話突然響起後，走出了悅吟的房間，似乎從爸爸的回話能夠感覺出來，好像工作的場所那邊出了一些狀況，弄得悅吟的爸爸口氣從不好變得近乎咆哮！過沒幾分鐘，悅吟的爸爸回到悅吟床邊，滿臉抱歉的說著：「悅吟，爸爸工作那邊出了一些狀況，可能要過去處理一下……晚一點就會回來，妳一個人沒問題吧？」

悅吟點點頭，微笑著說：「沒問題，我只是有點累，休息過後就會好了！」

悅吟的爸爸對著悅吟道歉後離開了家裡，似乎事情很緊急的樣子；而悅吟抬起頭看了看在客廳的古老時鐘，似乎也已經下午快接近黃昏了。

「悅吟，我們應該去看看。」莉嘉又出現在悅吟的腦海中，「我有感應到，那幾個男同學說的所謂的怪鳥，很有可能就是魔物。」

悅吟疑惑的問著：「魔物？是指怪物嗎？以前都沒有出現，怎麼會現在出現？」

「並不是沒有出現，而是一直在那裡。」莉嘉頓了頓，繼續說著，「有許多魔物常常遊走在艾斯特拉魯世界和各種異世界，因為很多魔物並沒有辦法完全實體化，人類是看不見的；平時許多低等魔物只靠吸食人類的能量和生命力當作糧食，但是實體化之後，很有可能會去攻擊危害人類。」

「那怎麼會實體化了呢？」

莉嘉似乎很擔憂的說著：「恐怕是因為大魔導士克勞斯利即將復活的影響，艾斯特拉魯世界和人類世界的界限越來越模糊，恐怕會陸陸續續有更多的魔物侵略人類世界。」

悅吟沒有說話，事實上對於莉嘉所說的，悅吟覺得一點現實感也沒有。

魔物復活就復活，和自己有關係嗎？

雖然悅吟沒有說出口，但是莉嘉很清楚悅吟的想法。

大魔導士「克勞斯利」曾經是金色黎明的一員，因為理念不合的緣故，離開了金色黎明，另外成立了教團；然而大魔導士克勞斯利漸漸的崇尚惡魔，並開始研發黑魔法，無意間讓他發現了艾斯特拉魯世界能量的祕密，克勞斯利憑藉著強大的黑魔法，結合了艾斯特拉魯世界的能量，企圖將人類世界統治起來。

聽著莉嘉的說明，悅吟問著：「統治人類世界想要做什麼呢？」

「創造一個新世界。」莉嘉的回答很簡短。

「新世界？」悅吟還是無法瞭解。

「將帶領人類世界走向終點，獻給死亡與毀滅；沒有人類的世界就像是沒有了亞當和夏娃的存在，每個人類的生命結束後，世界將得到淨化與救贖，所以稱為新世界。」

悅吟不解的問著：「那對於人類世界和克勞斯利有什麼好處？」

「好處？」莉嘉嚴肅的回答：「當然沒有任何好處，只是化為虛無和寂靜而已；人類世界將不存在任何的生命，連魔物也不會來的絕對死亡地帶。」

悅吟聽完不發一語，拯救世界的重責大任就在自己的手中嗎？莉嘉曾經為了阻止克勞斯利而犧牲了生命，這個世界就真的這麼值得自己去守護嗎？

「我覺得，我不太想要去做這些事情，對於我來說，世界毀滅那是遙不可及又虛幻的事情。」連一塊錢也拿不到、也不會因此而出名，而且這個世界又有什麼好守護的呢？

沒有朋友、沒有一個完整的家庭，連未來要做什麼都不曉得，世界上充滿了傷害和欺騙、貪婪與慾望，這樣的世界……毀滅掉算了。

莉嘉和悅吟陷入了沉默，同時悅吟也離開了精神世界，悅吟躺在床上，轉頭看向了窗外；天邊的夕陽已開始漸漸西下了，學校也到了放學的時間，悅吟看著窗外，什麼塔羅牌又或是什麼克勞斯利的，就算了吧！

＊

「哇！原來後山這麼大啊！」

「廢話！這裡的山連接著好幾座山，一直走進去還有可能走到山裡面就迷路咧！」白天的幾位男同學真的來到了後山的路口，吵吵鬧鬧的彼此聊著天，大家聚在一起好像天不怕地不怕一樣，似乎真的想要找出怪鳥的樣子。

一位男同學問著：「不知道怪鳥在哪裡？真的找出來用什麼抓啊？」

「喔！早上的時候，長佑說要帶網子來，長佑還沒來嗎？」

「不是約晚上九點半嗎？怎麼還沒到？」

「啊！他來了！」胖胖的男學生對著大家說著。

長佑手上拿著一個很大的袋子，似乎是一個大魚網；長佑一臉微笑的走到了大家面前：「如果真的抓到了有賞金，我可要三分之一喔！」

「真貪心！」其中一個男同學好奇的問著：「你怎麼會有網子？你會去海邊捕魚喔？」

長佑笑笑著說：「沒有啦！是我爸以前會去海釣，不知道怎麼回事，弄了一面魚網，它一直放在家裡的倉庫裡面，我就是為了找這面網子才拖到時間的。你們準備了什麼東西呢？」

「我帶了三隻手電筒，應該夠用了，還準備了球棒，遇到熊可以狠狠打牠一頓！」男同學用球棒揮了幾下。

「熊？你不要被牠狠狠的打死就不錯了！」另一個男同學吐槽完，大家笑成一片。

幾個男生這樣邊吵邊鬧的往後山走去，到底要去哪裡找怪鳥，也沒有目的地，只聽說怪鳥往山裡逃跑了這樣的消息，就想要去抓那隻攻擊人的怪鳥；一群人就靠著年輕男生的衝勁和一群人在一起的勇氣，幾個人越走越進去。

走了大約一個小時，等到路旁連路燈都沒有的時候，大家的體力也開始吃不消了，夜晚的山路走起來一點也不輕鬆，這群男孩子也開始漸漸的沒有像之前那樣的有衝勁和體力了。

手電筒照亮了前方的山路，但是夜晚的山給人的感覺，還是令人倍感壓力。沉默的時間更是令人難熬，想用說話來打發時間，但是沒有一個人知道該怎麼開口，越往裡走去就越黑，大家的內心也開始不安了起來。

終於有一個男同學打破了沉默，小聲的說著：「喂！走一個多小時了耶！大家還是往回走吧！再往裡面走去，我怕會有危險……」

「是不是怕了？我們人那麼多，怕什麼啦？你真的很膽小耶！」拿著球棒的男同學回答完後，又用力揮了幾下球棒。

長佑看了看四周，也對著大家說：「再往裡面走去可能太危險了，今天沒看到就算了吧！」

揮著球棒的男同學不屑的對著長佑說著：「怎麼連長佑你都這麼說，沒想到你這麼膽小啊！」

「不是膽小不膽小的問題。」長佑停下了腳步，臉色凝重的說著：「你們有沒有發現，大約在三十分鐘前，周圍就安靜得很誇張；我們是在山裡，照理說就算沒有鳥叫聲，應該不至於連蟲的聲音都沒有吧？現在我們這裡，連風的聲音都沒有。」

大家靜下來，發現真的一點聲音都沒有，這讓大家開始緊張了起來。

「真的耶！」胖胖的男同學緊張的說著：「剛開始在後山入口的時候，還聽到很多蟲叫聲和鳥叫聲，現在真的一點聲音也沒有！」

拿著球棒的男同學大聲吼著：「沒聲音就沒聲音！怕什麼啦！一群膽小鬼！要知道，如果可以抓到怪鳥，然後賣給電視台，我們就可以拿到一大筆錢耶！真的要有怪鳥，我們應該要高興……」話還沒說完，突然傳來一陣很詭異的聲音。

「嘰——」是一種既高亢又像是帶著敵意和憤怒的動物叫聲！

「什麼聲音？」胖胖的男同學緊張的問著，所有人也都緊張的拿著手電筒亂照著，卻沒有發現有什麼東西。

「那種聲音不太像鳥，而且也不太像普通的動物……」長佑的聲音顯得有些緊張，「感覺起來似乎也不小隻。」

拿球棒的男同學原本也很緊張，但是緊緊的握著球棒，讓他從心底生起一種惡向膽邊生的勇氣：「是怪鳥嘛？滾出來！讓老子狠狠的打你一頓！」吼完後，嘴角露出了惡意的笑容，將球棒握得更緊！

胖胖的男同學臉色鐵青的指著球棒同學的方向，聲音發抖著說：「啊——就在你後面——」

「啊？」拿著球棒的男同學以凶神惡煞的表情轉過身，臉色卻瞬間發青！

球棒同學的後面站著一個比人還高的怪物，臉長得像鳥，身體卻像是蝙蝠一樣，張開口還有著滿滿的利牙！

「嘰——」發出的聲音非常的大聲，還有一股難聞的腐肉味……

「這隻就是怪鳥嗎？比傳說的還大隻！」緊握著球棒的男同學，大罵一聲後，用力的將球棒砸向怪鳥的頭！

「啪」的一聲！堅固的木製球棒應聲折斷！

「嘰呱——」怪鳥發出了像是憤怒的叫聲後，揮了一下翅膀將球棒同學打到了半空中，男同學重重的摔下！「嗚！」的悶哼了一聲，男同學倒在地上吐出了鮮血！

怪鳥望向倒在地上的男同學，張開大口作勢要咬男同學的頭！

「撐住！」長佑將手上的魚網用力的撒了出去！魚網順利的將怪鳥網住了！長佑用力的拉著魚網喊著：「快來幫我！這隻怪鳥的力量好大！」

幾個男同學趕緊幫忙長佑拉住魚網，怪鳥奮力的掙脫卻掙脫不了！

「成功了嗎？」幾個人拉著魚網，想將怪鳥拖倒在地；怪鳥突然張開大口，狠狠的將漁網咬破！

「哇！」幾個人跌倒在地上！長佑睜開眼睛，發現怪鳥張開了翅膀，將倒在地上受傷的男同學咬到了嘴裡，大量的鮮血從怪鳥的嘴裡流出，男同學痛得大聲叫著！怪鳥慢慢的飛向半空中……

「嗚哇——啊——啊——」其他人怕得往怪鳥的反方向逃走！

「等等！要把他救回來啊！」長佑緊張的想要叫其他人不要逃走，現在不救球棒同學，那麼他就真的死定了！可是所有的男同學都嚇得跑走了，只靠長佑一個人，真的救得了他嗎？

一瞬間，長佑開始害怕了起來……要為了一個連名字都記不住的同學犧牲生命嗎？眼前的怪物對於逃走的人似乎沒有興趣，而是憤怒的瞪著還待在原地的長佑，似乎下一步就要攻擊長佑了！

還是逃走吧！再晚恐怕也來不及了……當長佑準備轉身逃跑時，卻聽到了男同學的求救聲。

「救救我……拜託……」在怪鳥嘴裡的男同學，滿身鮮血的求救著；從男同學滿臉鮮血中，還是看得到男同學流下的眼淚……

「嘖！」長佑拿起了破掉的魚網，再次丟向怪鳥！這個舉動讓怪鳥叫了一聲，受傷的男同學從怪鳥口中掉下來落在地上，而怪鳥則衝向了長佑！

「很好！很好！你就跟過來吧！」長佑邊跑向跟那群同學的反方向，邊挑釁引開怪鳥！

怪鳥的速度很快！在半空中飛行的怪鳥一點阻礙都沒有，反而在地上跑的長佑非常辛苦，為了躲避樹木和地上的石塊，必須要花費大量的體力逃跑！而且越跑等於越往深山裡去，到底該怎麼辦才好！

怪鳥似乎在夜間也看得非常清楚，一路緊跟著長佑，長佑想用茂盛的樹木逃跑的方法似乎行不通！長佑決定賭一賭，要用手中的魚網將怪鳥纏在大顆的樹木上，或許還可以跑回去救受傷的球棒同學，一起逃走的可能性還是有的！

長佑停下來，順手拿了一顆石頭，用力丟向怪鳥！

石頭當然傷不了怪鳥！「嘰呱——」怪鳥大聲喊叫了一聲後，俯衝衝向了長佑！長佑對準怪鳥衝來的方向，將魚網丟向怪鳥，自己也因為站不穩而跌倒在地！

魚網纏住了怪鳥，也和周圍的樹木纏在一起，確實阻止了怪鳥的動作，但是不到幾秒鐘，怪鳥很快的掙脫了魚網後，憤怒的對著長佑大叫！

完了！長佑看著怪鳥衝向了自己，長佑絕望的閉上了眼睛……

「五芒星錢幣！」突然傳來一個女孩子的聲音！

「嘰呀！」怪鳥發出了一聲叫聲後，旁邊出現了巨大的聲響！

長佑張開眼睛，發現一個年輕的女孩子微微發出光芒，背對著站在自己的面前！怪鳥則像是撞到了什麼東西一樣，已經被彈到了旁邊，倒在地上。

「什麼？發生了什麼事情？」長佑一時搞不清楚，眼前背對著自己穿著學校校服的女孩子，到底是誰？還來不及想清楚，怪鳥快速翻起身，再次張開翅膀朝女孩子和自己的方向衝過來！長佑緊張的大喊：「小心！」

女孩子輕輕的舉起右手，全身發出了微微的光芒！

「塔羅牌驅魔術：魔術師！」女孩子的右手掌集中了光芒，出現了一把寶劍，朝衝過來的怪鳥飛過去！寶劍剛好刺穿了怪鳥的嘴！怪鳥的身體開始分解，連叫一

聲都沒有，在衝到女孩子面前時，剛好已完全分解，消失的無影無蹤……

怪鳥就像是不曾存在過一樣，周圍又恢復了平靜，只剩還散發出微微藍色光芒的女孩子背對著自己，站在跌坐在地上的長佑身前。

「妳……妳到底是誰？」長佑目瞪口呆的問著，曾經威脅自己生命的怪鳥，在短短的幾秒鐘內，竟被眼前的女孩子莫名其妙的消滅掉了？長佑頭腦一片混亂。

女孩子轉過頭看向長佑。

「是妳？悅吟！」長佑不可置信的問著。

悅吟的表情就像是完全不認識的人一樣，和平時有些害羞內向的表情完全不同，這時的悅吟臉上充滿了自信和說不出口的嚴肅。

最特別的是，悅吟的瞳孔是藍色的，身上還不斷散發出微微的藍色光芒。

「編號01，大阿爾克牌中的『魔術師』，擁有小阿爾克四種屬性的攻擊和防禦能力，是塔羅牌驅魔師的基礎魔法。」

站在月光下的悅吟顯得威風凜凜。

Chapter II.The High Priestess

「悅吟？妳怎麼在這裡？」長佑站起身走到悅吟面前。

真的是悅吟嗎？悅吟全身散發的氣息和感覺跟之前完全不一樣，如果不是穿著制服、髮型和髮飾也一樣，根本認不出來，氣質和表情完全不同……瞳孔竟是藍色的？難道是裝了瞳孔變色片嗎？

「怎麼辦？被長佑看到了！」在悅吟的腦海中響起了悅吟害羞的聲音。

「冷靜！現在不是管這些事情的時候！」莉嘉回答著腦海中的悅吟。

悅吟看了一眼長佑後，看向了另外一個方向：「那邊還有一個很微弱的人類氣息，似乎快要死了。」悅吟的聲音有些許的不同，和平時悅吟的聲音相比，多了些許堅定的感覺。

「啊！是拿球棒的同學！」長佑緊張的說著，「快點！再不快點救他，他就要死了！」長佑這時突然變得很緊張：「糟糕！剛剛慌張逃跑過來的時候忘記了方向！怎麼辦？悅吟妳知道球棒同學的方向嗎？」

「附近太多魔物的氣息了，只靠感覺可能沒辦法清楚的察覺。」悅吟抽出腰間塔羅牌的其中一張，「要靠這張『女祭司』。」

「編號02，大阿爾克牌中的『女祭司』，將情感給控制住，並使用理性和知識來察覺周圍環境的磁場波動，是塔羅牌驅魔師常常使用的觀察輔助牌。」

悅吟拿著女祭司卡，放在眉間並閉上了眼睛；塔羅牌和悅吟發出了淡淡的藍色光芒，過了幾秒鐘後悅吟張開了眼睛。

「找到了！往這個方向前進！」悅吟快速收起了女祭司卡片，牽住了長佑同學的右手後跑著：「快點！」

「哇！妳怎麼牽住他的手呀！」悅吟在腦海中喊著，非常害羞的樣子。

附身在悅吟身上的莉嘉沒有回應悅吟，只是快速的和長佑跑著。

長佑看著悅吟，內心充滿著疑問……悅吟跑步的速度很快，就算在這麼多樹木和石塊的山地上，仍然沒有減緩速度，連自己要跟上悅吟，都要用盡全力才跟得上；再加上悅吟身上會透露出奇怪的光芒，特別是拿出腰間的卡片的時候……長佑看了一眼悅吟的腰間，那是塔羅牌嗎？

滿滿疑問的長佑，只能跟著悅吟跑著。

＊

在幾個小時之前，悅吟看了看窗外，夕陽早就已經沒入地平線，窗外一片黑漆漆的景像，路燈也在不知道什麼時候已經點亮了。

一切都是白日夢罷了！悅吟煩躁的翻了個身，閉上眼睛不太想再去想。

莉嘉說的拯救世界、大魔導士的復活，一切的一切根本只是妄想罷了。

「這樣就可以了嗎？」莉嘉再次出現在悅吟的腦海中問著。

悅吟不高興的回答著腦海中的莉嘉：「沒有什麼可以不可以，就只是維持原樣而已！」悅吟不太想要和腦海中的莉嘉說話，故意在腦海中轉過身背對著莉嘉。

「妳可以逃避我的形象。」腦海中的莉嘉對著悅吟說著：「可是妳的未來、妳的家人和朋友的未來，終究有一天還是會要妳自己面對的。」

「到時候再說，不是我現在要管的。」悅吟下意識翻個身，覺得厭煩極了。

「知道什麼是他們口中的『怪鳥』嗎？」莉嘉伸出右手，輕輕碰觸著腦海中的悅吟，「這是我記憶中的形象。」

悅吟腦海中出現了可怕的怪物：全身沒有毛，像是猴子又像是長得很怪異的蝙蝠，臉上有著像是鳥嘴一樣的外貌，鳥嘴張開後有著噁心的一長排尖銳牙齒；最讓悅吟覺得可怕的是，這些小怪物並不是一隻一隻的出現，而是整群整群的飛在半空中！

「這是低等惡魔：『克雷姆林』，也有大隻的，像是他們首領一樣的怪物存在。」腦海中又出現大隻的克雷姆林的形象。

悅吟張開了眼睛坐起身，對於那些怪物的模樣，悅吟一點也不想要瞭解，乾脆就起身，不要再理會那些腦海中的白日夢吧！悅吟離開了房間，走到了廚房內打算吃點東西，卻沒有什麼胃口。

反正只要不理會那些夢境，那些煩惱著自己的幻影就會消失了吧？

「該怎麼做，我無法替妳決定。」莉嘉在腦海中對著悅吟說著：「不過我可以告訴妳，今晚去的那些學生中，妳在意的長佑同學也會去的。」

悅吟愣了一下，確實自己在早上的時候，有聽到他們的對話，長佑同學會跟那群男生一起去。

「我一直感覺到，那山裡一直傳來不穩定、又可怕的邪惡氣息。」莉嘉又再次出現在悅吟腦海中，「如果那隻怪鳥真的是克雷姆林，那麼那群男孩子肯定會喪命的……」莉嘉頓了一下，嚴肅的說著：「能救他們的就只有妳了，妳還要逃避到什麼時候？」

「自己在意的朋友、家人，一個一個的死去，最後只剩自己孤單的一個人。」

悅吟腦海中出現莉嘉穿著洋裝，一個人孤單的坐在一間灰暗的房間中，神情落寞的望著地板發著呆。

莉嘉的聲音充滿著悲傷：「因為自己的膽小和自私，讓我失去了家人；最可悲的是，我的塔羅牌驅魔術是與生俱來的能力，我要是挺身戰鬥一定可以拯救大家，我卻只是在安全的地方選擇逃避、祈求僥倖的心理，等到必須要面對現實時，我身邊就只剩我一人了。」

記憶中莉嘉的房間門被打開了，是一群有男有女的人。

「當時拯救絕望中的我，是金色黎明研究會的大家，那一次之後我再也不逃避，也不再絕望，我決定跟著大家一起前進。」莉嘉露出了微笑的表情：「我不希望妳像一開始的我一樣，我希望悅吟妳能夠避免孤單的命運，能夠拯救妳在意的人。」

悅吟皺著眉頭，莉嘉的心情透過彼此的意識，悅吟很清楚莉嘉的想法和感覺，可是悅吟最大的疑慮，仍然是對自己不夠有自信，也很害怕著。

「我很害怕，害怕這一切的事情都是我無法改變的，甚至是會付出我的性命的。」悅吟嘆了一口氣，似乎很沒精神。

「害怕的情緒是一定會有的，但是一定要克服。」莉嘉微笑的對著悅吟說：「我和妳保證，只要有我在，我一定不會讓妳和妳所在意的家人和朋友的性命受到威脅。」

「可是……我到底該怎麼做？」悅吟擔心的說著。

「拿起塔羅牌，利用塔羅牌的力量和克雷姆林戰鬥吧！」莉嘉邊說，邊慢慢的散發出光芒：「我的力量也會交給妳，讓我們一起來並肩作戰。」

莉嘉發出了光芒後，附身在悅吟的身上。

悅吟的身體發出淡淡的藍光，悅吟能夠感覺到自己的身體充滿著能量。

「我附身在妳身上的時間無法持續太久，讓我們把那群男同學平安的救出來吧！」悅吟的瞳孔變成了藍色，莉嘉正式附身在悅吟的身上。

＊

長佑發現兩人的前方，突然出現好幾隻小型的怪鳥！長佑緊張的大喊著：「小心！那些怪鳥衝過來了！」

「魔術師！」悅吟抽出了魔術師牌卡，魔術師的牌卡發出了淡藍色的光芒後，悅吟和長佑的周圍出現了五芒星的大錢幣浮在半空中，幾隻克雷姆林碰到了錢幣，瞬間像是觸電一樣，在發出了慘叫聲後化為灰燼，五芒星錢幣也在克雷姆林化為灰燼的同時消失了。

長佑邊跑邊問著悅吟：「那些怪鳥是？」

「那些是低等惡魔『克雷姆林』。」

「克雷姆林……」長佑想了一下，又問著：「剛剛我看到塔羅牌出現一把劍，現在卻又出現錢幣，到底是怎麼回事？」

「那是塔羅牌的四種屬性，魔術師牌可以依照驅魔師的想法，任意使用這四種屬性：寶劍、錢幣、權杖、聖杯四種，都可以依照不同的狀況來施展塔羅牌驅魔術。」悅吟說完後，突然停下了腳步，「往左邊走，受傷的同學似乎在左邊的方向。」

悅吟和長佑往左邊前進後，兩個人的臉色都變了！

受傷的球棒男同學周圍都是小型的克雷姆林！長佑同時發現，就在自己看到受傷同學的同時，自己身後不遠的地方，也出現了好幾隻大型的克雷姆林，將兩人退後的路也堵住了！

「糟糕！後面也有那種怪鳥……大隻的克雷姆林！難道說他們是故意將球棒同學當誘餌，設下陷阱的嗎？」長佑緊張的說著，卻不知道該怎麼辦。

「莉嘉！怎麼辦？這麼多的數量有辦法解決嗎？」悅吟的意識也緊張的問著莉嘉。

附身在悅吟身上的莉嘉緩緩的說著：「塔羅牌的力量並不單只是牌卡的力量而已，更重要的是『塔羅牌陣法』。」悅吟身上邊發出淡藍色的光芒，邊用右手對著地上緩緩的說著：「塔羅牌陣法『時間之流』，請將三張塔羅牌的力量，集中在時間之流陣法中吧！」

「嘰呀——」大隻的克雷姆林發出了憤怒的聲音！就像是在命令所有的克雷姆

林一樣，瞬間克雷姆林一起朝兩人衝去！

「哇——」長佑嚇得大叫！

「時間之流牌陣：愚人、魔術師、女祭司！」悅吟喊完後一剎那間，三張塔羅牌的人物就像是從塔羅牌中走出來一樣，呈現出半透明又帶有一點霧霧的感覺；左邊的愚人和右邊的女祭司，一起將能量傳達給中間的魔術師，魔術師的頭出現了「無限大」的符號後，大量的五芒星錢幣將衝來的大量克雷姆林給擊落，寶劍也出現了像是數不清的數量，朝周圍的克雷姆林飛去！

每一隻克雷姆林都化成了灰燼！幾秒鐘的時間，四周圍已經沒有了克雷姆林的身影，塔羅牌的人物也像是回到了塔羅牌之中，悅吟將塔羅牌再次收回腰間，周圍恢復了平靜。

就像是變魔術一樣，沒有怪物也沒有塔羅牌了。

「怎麼會……」長佑看得啞口無言，說不出半句話來。

「救我……」聽到球棒同學痛苦的呻吟著，兩個人趕緊走到了球棒同學身邊。

長佑將球棒同學充滿鮮血的制服掀開，發現傷口不斷的冒著鮮血。

長佑看著悅吟問著：「該怎麼辦？從這邊回到後山路口，恐怕也要兩個多小時，他會撐不住的！」

「女祭司。」悅吟抽出了女祭司的牌卡，像是透過牌卡在審視著棒球同學的傷勢，「這位同學的傷口上還有許多黑暗能量，我先將黑暗能量驅除掉吧！」

「驅除黑暗能量？該怎麼做？」長佑緊張的問著。

「你讓開！」悅吟再次將右手對著地上：「塔羅牌陣法『時間之流』。」

這次召喚出來的和之前三張牌一樣，只是魔術師和女祭司換了位置，由女祭司站在中間；魔術師將聖杯交給了女祭司後，女祭司拿著聖杯走到了球棒同學的面前，將聖杯內的水滴了一滴到球棒同學身上。

球棒同學身上出現了淡淡的白色光芒，原先在球棒同學身上的黑色氣體也慢慢的消散，傷口也好了一大半。

塔羅牌再次回到了悅吟的腰間：「塔羅牌的牌陣依照牌的順序不同，產生的效果也不同，那位同學身上的傷口已經藉由女祭司好了一大半了。」

「真是太不可思議了……」長佑走到球棒同學旁邊，發現球棒同學的傷真的好了許多，「接下來把他送下山，送去醫院就可以了。」長佑背起了球棒同學，吃力的向前走著。

「已經沒有克雷姆林了。」悅吟說完後，慢慢的跑離了長佑的視線。

「等一下……」長佑滿肚子疑問想要問悅吟，悅吟卻在下一秒消失的無影無蹤；兩個小時後，長佑走出了後山，將球棒同學送往醫院。

＊

「怎麼不等長佑同學一起走出後山呢？」悅吟的意識發現莉嘉快速跑離現場，疑惑的問著。

莉嘉嚴肅的回答著：「在我附身在妳身上的同時，妳的身體和精神都會承受莫大的負擔；若是長期這樣下去，很有可能會造成身體的崩壞或是精神的失常，所以最好的方法是由悅吟妳自己學會如何控制塔羅牌驅魔術，而不是由我來附身在妳的身體上。」

「我來學習？」悅吟擔心的說著：「我真的沒有信心。」

「沒有人是可以孤單活著的。」莉嘉回答著，「金色黎明雖然已經沒有在這世界上公開活動了，不過當年的塔羅牌驅魔師應該也有繼承人在，若是可以找到像妳一樣使用塔羅牌驅魔術的繼承人，或是有辦法幫助妳的支援者，一起對抗大魔導士的成功機率就可以大大提升。」

「找得到嗎？」悅吟不安的問著。

「要找到雖然很困難，不過若是有機會碰上，妳一定會有感應的。」莉嘉說完後，已經慢慢的離開了後山，總算快到了入口的方向，「必須要快點回去，讓妳的肉體和精神休息。」

悅吟一離開後山，走在回家的道路上，速度就放慢了許多，除了不讓悅吟的肉體造成太大的負擔外，也不希望被人目睹悅吟奇特的能力。

「接下來慢慢走回去就可以了……」莉嘉將悅吟的身體交還給悅吟，悅吟原先身體散發出的藍光漸漸消失，藍色瞳孔的顏色也回復成黑色的了。

悅吟算是回復了自己的意識，突然覺得身體又累又重！悅吟深深的嘆了一口氣，這種感覺真得糟透了！正當悅吟為了疲倦而煩惱時，突然眼前閃出了一個身影擋住了悅吟的去路！

「站住！別想離開！」眼前的人影發出了女孩子的聲音。

「咦？」悅吟抬頭一看，發現是穿著自己學校校服的女孩子擋住了自己。

年輕女孩子戴著眼鏡，一臉嚴肅的看著悅吟；女孩子手上還拿著一顆水晶球，警戒的望著悅吟說著：「妳到底是誰？為什麼要來到這個地方？」

「咦？我是古悅吟，今年就讀泰羅綜合高中一年級……」

「我不是說妳！」女孩子推了推眼鏡，拿著水晶球對著悅吟喊著：「我是說附身在妳身上的那個靈體，到底是來這地方做什麼？」

莉嘉出現在悅吟的腦海中：「看來，似乎被發現了。」

「啊！好強大的能量……」年輕女孩子發著抖說著：「妳……妳到底是什麼東西？是惡魔還是天使……」

「巧菱？原來妳在這裡，我接到妳的電話就趕來了……」戴眼鏡女孩子的背後傳來了另外一個女孩子的聲音。

「欣語別過來！」巧菱大喊一聲後，發著抖說著：「妳根本不應該來到人世間的，我不管妳從哪裡來的，回去妳該回去的地方！」

「似乎被很麻煩的人發現了我的存在了啊！」莉嘉邊說邊離開了悅吟的身體，站在悅吟的身邊；悅吟看向身旁的莉嘉，悅吟是第一次在意識清楚的情況下看到莉嘉出現。

「妳總算現身了！」巧菱拿著水晶球對著莉嘉說著：「說！妳到底是惡魔還是天使？到底是什麼東西？」

欣語疑惑的自言自語著：「巧菱到底是在和誰說話……咦？是上次她說的那個新生嗎？」

「我不是惡魔，也不是天使。」莉嘉對著巧菱微笑著：「我來自艾斯特拉魯精神世界，我是一個指導靈。」

「什麼？」巧菱驚訝的看著莉嘉，眼睛瞪得大大的……

＊

連警察都到了醫院。

雖然許多同學都看到了所謂的怪鳥，長佑卻宣稱是球棒同學自己不注意摔倒受傷，醫生從球棒同學的身上看不到什麼「怪鳥」的痕跡，自然整件事情就當作是球棒同學自己摔倒受傷來處理。

連球棒同學都不記得自己發生了什麼事情，整件事情的真相只有長佑一個人看得清清楚楚；等到事情處理完，天色已經漸漸亮了。

走出醫院的長佑，看著日出的陽光，下定決心一定要將悅吟的事情查清楚。

Chapter III.The Empress

下午的課程讓人昏昏欲睡。

悅吟坐在靠窗的位置，看著操場上的學生，似乎沒有將心思放在課業上，操場上除了有班級正在上體育課，也有許多運動社團正在練習著；泰羅學校大專部和大學、二技部也有很多體育社團，正為了暑期結束後的各種秋季比賽作練習。

那天被稱為巧菱的女孩子質問時，莉嘉只是笑笑的沒有作回答，快速的讓悅吟離開了現場，留下錯愕的巧菱和另一個女孩子；過了三天了，不但沒有再遇到那兩個女孩子，連同班的長佑也沒有主動來和自己說話。

莉嘉也沒有再出現過，更沒聽到什麼怪物的事情，這樣子讓悅吟產生了一種錯覺，該不會都是自己在作白日夢吧？

「古悅吟，古悅吟同學。」突然傳來了叫喚的聲音。

悅吟瞬間回過神來，發現老師已經來到了自己身邊，拿著一條竹藤教鞭看著自己！

「是！」悅吟緊張的看著老師。

「古悅吟同學，上課的時候在發呆嗎？還是在作白日夢？」老師帶著責備的語氣問著。

「真對不起。」悅吟害羞的低下頭。

悅吟的心思非常的混亂，或許莉嘉不會再出現了吧？班上的同學大部分都只是看了悅吟一眼就不再理會，畢竟悅吟的存在感本來就不強，開學已經過了好幾天了，慢慢的大家都開始有比較熟的同學，小團體圈也慢慢的形成了，像悅吟這樣安靜內向又沒有特點的女生，很容易就會被忽略。

但是有一個人一直都在盯著悅吟，悅吟的一舉一動幾乎都是那個人的觀察範圍。

那個人就是長佑，這幾天一直想要找出悅吟的真相，卻又找不到什麼奇怪的地方；甚至讓長佑開始懷疑，那一天真的是悅吟嗎？

認為自己在作夢的，並不是只有悅吟一人。

放學時間到了，悅吟收拾了東西後，背起書包要離開教室前，往長佑的位置看了一眼。

長佑似乎不在，到目前為止，長佑還沒決定要加入哪一個社團，不少運動社團都希望長佑可以參加，所以一到放學時間，長佑就會到運動社團去觀摩，今天應該也是去哪個運動社團觀摩了吧！

「終於找到妳了。」悅吟的背後傳來了女性的聲音。

悅吟轉過身，發現是那天晚上見過面的巧菱！旁邊也跟著當天後來過來的女學生，兩個人一起走到了悅吟面前。

巧菱推了推眼鏡，嚴肅的說著：「古悅吟同學，方便私下談一談嗎？」

「哇！那不是二年級的學生嗎？難道那個人惹了什麼事情嗎？」有幾個同學議論紛紛。

悅吟低下頭去沒有回答，一臉很困擾的樣子。

「巧菱，妳的態度太兇了啦！」旁邊漂亮的女同學溫柔的說著：「我們沒有惡意，只是想要招募妳參加社團，請問妳時間方便嗎？」

「社團？」悅吟好奇的問著：「是什麼社團？」

「『超自然研究社』，專門研究各種不可思議的超自然力量和現象，我是社長林欣語。」欣語溫柔的說完後，給了悅吟一個親切的微笑。

「啊！我知道那位二年級的女學生！」旁邊同班的男同學興奮的說著：「是成績優秀，家裡又很有錢的林欣語！因為熱衷超自然的研究，被稱為『不可思議的美女社長』呢！」

另一位男同學問著：「旁邊那位戴眼鏡的咧？」

「那位戴眼鏡的也很有名，聽說看得到鬼，被稱為『撞邪女乩童』……」

「誰是『撞邪女乩童』啊……」巧菱的臉色變得充滿殺氣……

「這裡不方便說話，我們去社團教室好嗎？」欣語趕緊打圓場，似乎再繼續待下去恐怕巧菱會發飆……

＊

「歡迎來到『超自然研究社』唷！」

欣語開心的說完後，就進到社團教室去，悅吟也跟著巧菱一起走進去。

社團教室有許多奇奇怪怪的東西：有看似奇特的生物圖片和動物骨骼，也有各種奇特的刺繡及奇怪圖案的布，教室的中間有一張大大的桌子，教室的邊緣放著幾台電腦，書櫃上也有滿滿的書和圖鑑，似乎都和超自然或是不可思議的事件有關。

「就隨便坐吧！」巧菱指著桌子旁邊的椅子，「今年只剩我和欣語兩個人而已，名義上她是社長，我是副社長，可是……」巧菱將書包放在旁邊的書桌上，嘆了一口氣：「學生會要求我們至少要有五個社員，不然學生會就不幫我們社團申請社團補助，所以我們現在也在為了社團招募傷腦筋。」

悅吟走到了大桌子前的位置坐下來，回答著巧菱：「這樣子呀……」悅吟看了看教室，似乎有些不太習慣的樣子；但是這是第一次有人要招募自己參加社團，悅吟的內心其實有些高興，也有些期待。

巧菱坐到了悅吟對面，張大著眼睛盯著悅吟說著：「似乎……跟著妳的『那一位』今天沒有出現呢！」

被巧菱這樣盯著看，悅吟不太習慣，悅吟低下頭沒有說話。

巧菱突然指著悅吟的裙子說著：「是妳腰間的塔羅牌吧？」

「咦？妳怎麼知道我有帶塔羅牌？」悅吟有點訝異。

「妳那一副塔羅牌散發出來的磁場和能量都非常強烈，就算要我不發現也很難。」巧菱持續盯著悅吟的腰間，停了幾秒鐘後開口問著：「方便讓我看一下嗎？」

「這……可能……不太方便……」悅吟緊張到說話有些結巴。

「不用介意，給她看吧！」莉嘉突然出現在悅吟的身邊。

「莉嘉！」悅吟驚訝的轉過頭看著莉嘉，莉嘉這樣無聲無息的離開或是出現悅吟還不太習慣。

「妳終於又出現了。」巧菱緊張的看著莉嘉，「雖然我看過許多能量和思念體，不過這麼強大又清楚的還是第一次！」

莉嘉看著巧菱說著：「不要把我和一般的鬼怪混在一起談，那是很失禮的一件事情，妳要看塔羅牌的話，就讓悅吟拿給妳吧！」

悅吟點點頭，將腰間的塔羅牌拿給了巧菱。

「這塔羅牌散發的能量，真的很強！」巧菱讚嘆著：「我從小就對擁有能量和思念體的東西很感興趣，但是像這樣附著那麼強的能量，還是第一次看到！」

「我帶著它打倒了克勞斯利大魔導士，當然會很強。」莉嘉似乎想起了以前的回憶，接下來只是默默的看著塔羅牌。

「超自然研究社特調奶茶來嘍！」旁邊傳來了欣語的聲音，欣語拿著上面放著四杯茶杯的托盤走到巧菱身邊：「來！這是巧菱妳自己帶來的金萱烏龍茶茶葉泡的烏龍茶，我和悅吟同學就喝特調奶茶。」欣語邊說邊將烏龍茶放到巧菱面前，並將奶茶放到悅吟和自己前面的桌上後問著：「那麼……那位我看不到的小姐，坐在那一個位置上呢？」

「這邊。」悅吟和巧菱異口同聲的指著旁邊的位置。

欣語也將一杯奶茶放到莉嘉位置的桌上，微笑說著：「請用，這一位小姐。」

莉嘉笑笑的看著欣語：「真是有禮貌的女孩子呢！」

悅吟拿起奶茶喝了一口後，露出了困擾的表情：「咦?這杯奶茶……」

奶茶裡面浮了一大層鮮奶油，再加上奶茶異常的甜，這讓悅吟有些不習慣。

「很濃厚的口味吧！」欣語微笑的對著悅吟說著：「奶茶的甜味是用高級的糖所調成的，連鮮奶油都是用很高級的鮮奶油唷!在外面想喝還喝不到呢!這樣和大家一起喝，讓這杯奶茶更有風味吧！」

「喝了幾口後，覺得很不錯呢！」悅吟一開始喝確實不習慣，但是多喝了幾口後身體也暖和了起來，似乎濃厚的風味會讓人上癮了一樣，轉眼間整杯奶茶已經喝完了：「那個，欣語社長，還可以要一杯嗎？」

「當然嘍！我一個人都可以喝兩、三壺呢！」欣語又倒了一杯給悅吟，杯內一樣放了滿滿的鮮奶油，「喜歡的話不用客氣！妳能陪我喝，我真的很高興呢！因為巧菱都只喝她的烏龍茶而已。」

悅吟高興的說著：「嗯！我真的很喜歡這個口味！」

「會肥喔！」巧菱冷不防的說著，這讓悅吟和欣語尷尬的笑著。

欣語趕緊說著：「不要這樣嚇悅吟嘛！難得喝一杯奶茶嘛！」

巧菱推了推眼鏡說著：「別看欣語社長的身材維持得那麼好，她可是每個星期都會去健身房運動，再加上體質似乎就是胖不起來的樣子。」巧菱說完後，將塔羅牌放到桌上說著：「我仔細看了一遍，就只有這三張是塔羅牌，其他的都是空白牌嗎？」

「愚人、魔術師、女祭司」就是這三張塔羅牌。

悅吟點點頭：「是的，莉嘉小姐說會依照我的能力，慢慢的出現其他的塔羅牌。」

「會從空白牌變成其他的塔羅牌?真是不可思議呢！」欣語好奇的說完後，拿了一張空白塔羅牌起來看。

突然空白塔羅牌發出了一陣白色光芒！

「咦？」欣語看著手上發光的空白塔羅牌，一時會意不過來，巧菱和悅吟則是搞不清楚怎麼回事，兩個人也是看著發光的塔羅牌愣在那邊，欣語手上的空白塔羅牌慢慢出現了圖案，似乎是個女性坐在一張椅子上的圖案，等到圖案完全出現後，塔羅牌漸漸不再發光。

「喔？」欣語好奇的看著手上的塔羅牌，巧菱和悅吟也站起來看著那張新的塔羅牌。

「編號03，大阿爾克牌中的『皇后』，擁有大地能量的一張牌，充滿了生意盎然又豐饒的象徵；可以淨化範圍內的磁場和能量，是塔羅牌驅魔師常常使用的防禦輔助牌。」

「莉嘉小姐？」悅吟發現一直不出聲的莉嘉，突然說明了這張牌的用法。

欣語高興的說著：「哇……原來這位就是莉嘉小姐呀！真的就像我想像中的一樣漂亮呢！」

「咦？欣語妳看得到莉嘉？」巧菱驚訝的問著。

欣語搖搖頭，笑笑的說著：「雖然看不太到，但是莉嘉小姐的形象就像出現在腦海中一樣，感覺得到她的存在呢！」

悅吟問著莉嘉：「這到底是怎麼一回事？怎麼會突然出現新的塔羅牌，欣語又怎麼能感覺得到妳的存在呢？」

莉嘉平靜的回答著：「塔羅牌並不是只是單純施術者一個人的事情，藉由周遭的環境或是人、事、物的影響，有時候也會有新的機緣產生；就像是這位欣語小姐，她和『皇后』牌可以說是非常的有緣份，屬性和磁場都相合的情形下，就代替悅吟妳解開了皇后塔羅牌的封印了。」

「聽起來好複雜。」悅吟看著欣語，似乎不太理解的樣子。

「簡單的說，」巧菱推了推眼鏡，「欣語就是和皇后塔羅牌很有緣份，所以皇后塔羅牌以後可以用了。」

「是嗎？那真是太好了。」欣語把皇后塔羅牌交給悅吟，微笑的說著：「有新的塔羅牌真是太好了，真希望有新的社員也可以加入呢！悅吟，妳願意一起加入我們『超自然研究社』嗎？」

「這個嘛……」悅吟低著頭，像是在考慮著。

雖然欣語和巧菱找自己參加社團讓悅吟很高興，再加上她們兩個人似乎可以幫自己很多忙……可是，萬一將她們捲進危險中怎麼辦？或許，和莉嘉一起戰鬥就行了，不要再拖累其他人了吧？

「我想……我不應該讓妳們捲進危險中……」

「說這什麼話！」巧菱推了推眼鏡，打斷了悅吟的話，「如果有什麼要幫忙的，我們也可以幫上忙，別說捲入什麼危險，我們沒有妳想的那麼脆弱，不要瞧不起人了！」

「是呀，請讓我們幫忙吧！」欣語也微笑說著：「妳幫助我們拿到社團經費，我們幫妳一起用塔羅牌，這樣不是很有趣嗎？而且莉嘉小姐的事情我也很有興趣呢！」

悅吟深深的吸了一口氣，似乎加入社團也不錯……欣語還故意拿起奶茶的杯子，小聲的對悅吟說「很好喝唷！」，這個舉動讓悅吟笑了出來。

「嗯……那就請妳們多多指教了。」悅吟小聲的說著。

「太好了！加入了一個那麼棒的社員！」欣語幫悅吟的茶杯裝滿了奶茶後交給悅吟：「那麼，今後也請妳多告訴我們塔羅牌的事情唷！」

「悅吟，那一天後山的騷動我們大概也聽說過。」巧菱問著悅吟：「當天很多男學生說碰到怪鳥，而且又咬傷人；可是從當天受傷的男學生口中，卻問不出什麼來。」巧菱的眼神變得很銳利：「那天妳又從後山出來，莉嘉又稱呼妳為『塔羅牌驅魔師』……妳到底當天做了什麼事情？塔羅牌驅魔師又是什麼東西？」

「這……」悅吟看了看莉嘉的位置，莉嘉並沒有回答。

「讓我來代替悅吟回答吧！」門外傳來了一個男生的聲音，接著社團教室的門被打開，走進來一個熟悉的身影……是長佑。

長佑看著悅吟大聲的說著：「悅吟一個人擊倒了上百隻的克雷姆林，而悅吟就是利用塔羅牌來施展驅魔術的塔羅牌驅魔師！」

四個人瞬間啞口無言，莉嘉也始終不發一語。

Chapter IV. The Emperor

今天是學校足球社校內對抗的日子。

長佑代表新生那一隊，和學校的正規代表隊進行比賽；新生隊伍當然不是正規代表隊伍的對手，但是在比賽的結束前，長佑靠一記長傳，漂亮的踢進了一球！讓新生免於掛蛋的屈辱。

也因為這一球，讓長佑成為了校內的知名人物，幾乎所有體育社團都希望比賽的時候，長佑可以來支援比賽！

「長佑！棒球隊比賽在下星期，我們的外野守備比較弱，來幫我們好嗎？」

「等一下！下星期，我們籃球隊也有比賽，來幫忙搶籃板和助攻吧！」

長佑整場足球比賽下來，驚人的體力和爆發力讓全場學生印象深刻；再加上長佑和隊友相處融洽、互動良好，無論是進攻或是防禦都有不錯的表現，可以說是攻守兼備的好球員，也難怪運動社團搶著要長佑來支援了。

其中一個運動社團的社員問著：「對了，長佑。你運動神經那麼好，怎麼會參加那個什麼『超自然研究社』咧？參加運動社團才對啊！」

「話不能這樣說喔！」長佑從口袋拿出了一個小東西：「你們看，我就是靠這個東西才進球的。」

「什麼東西？」所有人靠過去看。

長佑手裡拿著一個模樣十分可愛的小型巫毒娃娃，長佑用手指勾著巫毒娃娃頭上的繩子，看起來晃來晃去的。

其中一個運動男社員不屑的說著：「那種是什麼咒語娃娃吧？那有效嗎？」

「嘖嘖嘖！」長佑伸出右手食指搖晃著：「這和一般的巫毒娃娃不同，這是受過祝福的巫毒娃娃！利用海地巫師常用的茅草配合水晶球淨化磁場，接著使用海地空運來的法器親自祝福加持，效果非常的好！我帶著它不僅感覺精神變好，連反應都變快了呢！」

「真的假的？哪裡可以買得到？」有幾個運動社員好奇的問著。

「一個三百。我們超自然研究社只做了一百個，長佑買了一個，只剩九十九個了。」大家回過頭去，發現巧菱和悅吟抱著裝滿巫毒娃娃的箱子，站在大家的背後。

「真的有效嗎？」其中一個運動社員半信半疑的問著。

「效果當然因人而異囉！如果實力太差，就算買了一百個，也不可能發揮效果。」巧菱冷靜的繼續說著：「當然，在剛剛那樣的劣勢中，長佑還可以踢進一球，可見長佑的效果非常好。相信的人可以買一個，不買也沒關係，我可以放到網路上賣給其他學校的人，你們就祈禱不要被你們的對手買去吧！」

「哇……寧可信其有，如果買一個就能贏，也太划得來了。」

「運氣也是實力的一部分，如果因為運氣不好而輸了，會嘔死！」

好幾個運動社團的社員開始搶了起來！

巧菱喊著：「不要擠！不要推！每個巫毒娃娃的顏色和造型都有些微不同，可以挑你們喜歡的喔！」

被運動社團的人擠成一團的悅吟，只能困擾的被擠來擠去。

「哇……不要推啊……」毫無存在感的悅吟很快就被淹沒在人群之中。

＊

「一百個都賣完了！好厲害呢！」欣語高興的說著。

社團教室內就坐著悅吟、巧菱和欣語，以及剛剛踢完足球疲憊不堪的長佑；欣語和悅吟喝著鮮奶油奶茶，巧菱則是邊喝烏龍茶邊算著錢。

「呼！踢完球真的超累的……下星期還有籃球、棒球、柔道和游泳的比賽。」長佑幾乎累得爬不起身，只能半癱在椅子上，看著眼前的奶茶發呆。

悅吟帶著敬佩的眼神說著：「那些巫毒娃娃都是巧菱學姐妳自己手工做的嗎？真的好厲害呢！」

「也沒什麼，興趣而已。」巧菱推了推眼鏡繼續說著：「接下來看是手工縫製護身符？或者是製作開運裝飾？不好好的賺一筆錢，社團活動會沒辦法運作的，印東西、寫報告、買東西什麼的都要錢，開銷很大呢！」

悅吟看了看教室內各種奇怪的東西，贊同的點點頭：「似乎真的很花錢呢……」

「不喝這種甜得要命的鮮奶油奶茶，也許可以節省不少開支。」長佑拿起茶杯，喝了一口，臉上露出了苦臉，似乎對這種甜到爆表的奶茶也不習慣。

「不可以——」悅吟和欣語同時大聲抗議！臉上的表情既緊張又認真！

「哇——幹嘛那麼大聲啊……」長佑看著悅吟和欣語兩人，小聲又困擾的說著。

巧菱喝了一口烏龍茶，冷靜的說著：「千萬不要小看女人對於甜食的執著啊！」

「喝這種放入大量鮮奶油的奶茶是我們『超自然研究社』的傳統。」欣語自豪的說著：「先用高級的英國紅茶配上鮮奶調製後，在喝的時候擠上美味的鮮奶油，就是最高級的享受了！這時候大家一起討論超自然檔案和不可思議的事件就是很好的社團活動。」欣語說完後，先是拿起奶茶喝了一口，再品嘗一口鮮奶油，滿足的說著：「哇！真的好棒唷！熱熱的喝或冰冰的喝都很適合，味道最棒了！」

悅吟也喝了一口鮮奶油奶茶，點點頭說著：「沒有這個鮮奶油奶茶，又怎麼能夠說是『超自然研究社』的社團呢？」悅吟和欣語互相看了一眼，互相露出了微笑。

「好好研究不就好了……」長佑嘆了一口氣，加入到現在就只有喝鮮奶油奶茶，然後幫著巧菱賣巫毒娃娃，都快分不清楚自己為何加入這個社團了。

正當大家熱熱鬧鬧的聊天時，突然社團的門被打開了！有一個人直接走到了四人面前，讓悅吟四個人都愣住了。

「啊！你不是學生會的小廣嗎？」欣語認出了眼前的人。

被稱為小廣的男學生雖然很矮小，但是娃娃臉的特徵非常受歡迎，掌管著學生會書記的工作，又負責學校內各個社團經費的申請，甚至在文化祭或是校慶等活動時，常常代表學生會演講或是發表，在某些女同學中確實很受歡迎。

小廣皺著眉頭說著：「就是妳們社團嗎？在校內沒有經過申請，就在進行商品販賣行為。」

「商品販賣行為……」悅吟看了看其他人，其他人沒有回應。

「別裝傻了。」小廣拿出了一個巫毒娃娃，「我手上這一個是學生會的成員剛剛在足球場旁邊買的，沒有經過學生會的申請是禁止在學校內販賣東西的。」小廣停頓了一下，不太高興的說著：「還有，妳們『超自然研究社』並沒有超過五位成員，所以除了社團經費學生會無法發給你們之外，若是在月底之前還無法招募到第五位成員，恐怕我們學生會就要將『超自然研究社』的社團資格廢止。」

「不要這樣不近人情嘛！」欣語笑笑的說著：「小廣先來喝一杯茶，商品販賣的申請，等等我再補寫給你好嗎？」欣語親切的對著小廣微笑，讓小廣似乎有些害羞。

「平時是不能補申請的，」小廣的臉有些紅，「不過看在是同班同學的份上，我讓你們補寫申請書，但是關於社員的事情。」小廣的表情變得嚴肅：「如果無法在月底前找到五名社員，依照學校規定就必須要廢止社團，這個就不是我能幫得上忙的了。知道嗎？」

「知道了。」欣語微笑著拿茶杯給小廣：「來喝一杯奶茶吧！」

小廣接過了奶茶，喝了一口後張大著眼睛說著：「嗯！這奶茶雖然甜，可是很香呢！要是不要這麼甜，冬天喝一定很適合。」

「你喜歡那就太好了，歡迎你常常來喝。」欣語親切的對著小廣微笑著。

小廣將茶杯放在旁邊的桌上，清了清喉嚨說著：「那就先這樣，申請書快點寫給我，下次不准再這樣不申請就販賣商品喔！等等欣語寫好快點交給我。」

「好的，等等拿去學生會教室給你。」欣語高興的向小廣揮揮手，小廣離開了社團教室。

「要快點喔！我七點以前要離開學校。」小廣在社團門口說完後就離開了。

欣語等小廣離開後，滿臉微笑的對著大家說著：「你們大家看吧！這都是鮮奶油奶茶的魅力。」

「哇！欣語學姐真是太厲害了！」悅吟高興的說著：「原本他是氣沖沖的走進來，沒想到欣語學姐幾句話，就讓他服服貼貼的回去了，真的好厲害呢！」

「鮮奶油奶茶的魅力嗎？嗯！這樣我懂了。」長佑點點頭。

「我看不是吧？」巧菱突然說著：「我看應該是『不可思議的美女社長』欣語的魅力吧？」巧菱說完後，推了推眼鏡看著欣語：「如果是其他人拿著鮮奶油奶茶，不，就算是撒金箔的奶茶好了，小廣一定會氣到上報學生會，沒收我們販賣所得到的資金。」

「欣語學姐的魅力嗎？嗯！這樣我懂了。」長佑還是點點頭。

「哇！欣語學姐的魅力真是好厲害呢……」悅吟邊笑邊說著。

這次換欣語不太好意思，臉紅紅的說著：「哎唷！妳們真的很愛開玩笑耶！」

四個人笑成一團，似乎沒有發現到莉嘉不知道什麼時候，在角落靜靜的看著四人，眼神透露出不安的神情。

似乎，空氣中佈滿了暴風雨前寧靜的味道……

＊

「都快六點了！怎麼還不送來呢？」小廣在學生會教室，似乎非常的著急，「今天不快點解決，要是被學生會知道了怎麼辦？」小廣邊咬著原子筆，邊露出不安的表情。

「小廣怎麼啦？」旁邊學生會的成員問著小廣，「你只要心情不好，就會開始咬原子筆，是什麼事情沒處理好嗎？」

小廣趕緊放下原子筆，笑笑的說著：「學長沒事的，我只是為了一些社團經費的報表傷腦筋而已。」

「是嗎？真是辛苦你了。」學生會的學長和其他成員一起說著：「那麼小廣，我們先走了，你也不要弄太晚啊！」

「是，學長再見！辛苦了！」小廣恭敬的和學生會的學長說再見後，學生會教室就只剩下小廣一個人了，小廣臉上的笑容慢慢的僵硬，氣得拿著原子筆自言自語說著：「很討厭耶！都不知道我在學生會有多辛苦嗎！都不曉得多為我著想一下嗎？被學生會知道會被強制廢社的耶！」雖然小廣說得很小聲，卻還是感覺得出來小廣真的很生氣！

「等等來我一定要好好的罵她！……」小廣還在抱怨的時候，學生會教室響起了敲門的聲音。

「有人在嗎？」門外傳來了欣語的聲音，接著學生會教室的門就被打開了，欣語走進學生會教室，「請問小廣在嗎？」

小廣雙手插著腰，有些不高興的說著：「不是說要快一點嗎？怎麼拖到現在這個時間了呢？妳知道嗎？學生會要是知道有這件事情……」

「對不起嘛！」欣語笑笑的吐了吐舌頭，樣子真的很可愛，「我想說將奶茶的甜味降低一些，放到保溫杯裡面給你喝嘛！」欣語邊說，邊將保溫杯拿給小廣，小廣打開來看，真的是熱呼呼的奶茶。

「喔！這次鮮奶油沒有那麼多了……」小廣喝了一口，高興的說著：「嗯！這個味道就不會太甜，能夠喝得很順口了。」小廣說完又喝了一大口，轉眼間已經快喝掉三分之一了。

欣語微笑著說：「你能喜歡真是太好了，喜歡的話隨時歡迎你到我們社團教室喝。」欣語將口袋內的申請表拿出來交給小廣，「這是我們社團的商品販賣申請表，就麻煩小廣同學你嘍！」欣語對著小廣很溫柔的微笑著。

面對欣語這樣的微笑，小廣有些難為情的轉過身，故意裝作很嚴肅的樣子說：「總之呢！學校有學校的規矩，學生會為了要保護每位學生的權利，很努力在維持著規則；總之，下次再這樣未經申請賣東西，我也沒辦法再幫妳們補申請，知道嗎？」

「嗯！謝謝小廣同學。」欣語點點頭，對著小廣微笑著。

小廣走到書記的位置前，將申請表放在桌上：「都已經超過六點了，我要抄寫一些文件，還要登錄到電腦內，需要一點時間，可能妳要等一下了，我盡量快一點，有些申請資料也要請妳簽名。」

「好，那我等一下吧！」欣語微笑著點點頭，問著小廣：「等的時間我也去泡一些奶茶吧！學生會教室應該也有茶水間吧？」

「有，那些茶葉或是杯子妳隨便用吧！」小廣邊說邊開始處理資料，為了要補登錄申請資料，有很多電腦檔案和書記日誌都要稍微修改一下。

時間已經超過了六點半，因為校方並不希望學生留太晚，已經開始準備關校門了；通常七點以前學生必須都要離校，學校管理員和值班老師也已開始巡視，勸導學生回去。

值班老師打開了超自然研究社教室大門：「你們社團不要留太晚！快點回家去！」

「好的，謝謝老師，我們打掃完就要回去了。」巧菱回答完老師後，值班老師很快的就去巡視別間教室。

悅吟問著巧菱：「可是欣語學姐在學生會教室，還沒有回來耶！」

「學生會教室你們知道嗎？」巧菱問著悅吟和長佑。

長佑點點頭：「知道，之前學生會有問過我有沒有意願加入，我知道在另一棟教學大樓那邊。」

巧菱點點頭：「那就麻煩長佑和悅吟去學生會教室找欣語，我這邊還有一些工作還沒處理完，幫我去和欣語說，我等等帶她的東西去學生會找她，請她不要再跑回社團教室拿了。」

「不能用手機說一下嗎？」長佑問著巧菱。

「不行。」巧菱指著書桌上：「看，那個就是欣語的手機，剛剛她只拿著申請表和保溫杯，其他東西都沒帶；學生會教室離校門口近，就不要讓她再跑回來了吧！我們社團教室太裡面了。」

學校緊靠著後山，出入的大門只有校內大門，為了保護學生的安全，校園的圍牆不但高，而且還有設置監視攝影機，想要攀爬到校內可以說是非常困難；但是也因為這樣的設計，離校門口遠的教室，也就變得很不方便。

「巧菱學姐，要我也一起留下來幫忙嗎？」悅吟問著巧菱。

「不用。」巧菱推了推眼鏡說著：「這邊有很多巫毒娃娃的材料和祈福用具，我自己整理才不會亂，不用擔心，整理完我會拿著欣語的東西過去。」

「那我們去學生會教室等妳過來。」悅吟和長佑對著巧菱說完後，離開了社團教室。

小廣在值班老師離開後，還在弄著補申請的資料。

「下次真的、真的不幫你們補申請了啦！害我好多資料都要重寫或修改耶！」小廣從剛剛就沒停過，有些煩躁的說：「原本七點我還要去參加補習的，現在已經遲到了啦！」

「真對不起嘛！」欣語將一杯奶茶放到小廣面前，還準備了一些小餅乾：「小廣同學，這些餅乾給你吃，是我特別去買的唷！」

小廣喝了奶茶和吃了幾口餅乾後，似乎情緒平靜了許多。

「真是的！真的、真的下不為例喔！」小廣似乎也不再抱怨了，相反的似乎有點高興。

「真的很謝謝你，小廣同學。」欣語坐在小廣的對面，面帶微笑對小廣說著：「小廣除了處理學生會的事情外，也常常幫助很多學校內需要幫助的學生；像是清寒學生或是需要獎學金申請的學生等等，諸如此類的事務都是交給你這個書記管理，你也常常親切的幫助大家，說真的，我們都對你很佩服呢！」

「也沒什麼好佩服的。」小廣靦腆的笑一笑：「這些事情都是我該做的啊！畢竟學生會卡在學校和學生中間，有許多事情真的是我們居中處理比較好，真的沒有什麼好佩服的啦！」小廣說完，發現自己的心跳變得很快，趕緊拿起奶茶假裝品嘗著：「這個奶茶真的是太好喝啦！哈哈！」

受歡迎又品學兼優的小廣，真的擁有許多女學生的粉絲；只是小廣真正在意的只有這位從小就一起長大的欣語，欣語不僅家世好又有著出色的外表，要不是太喜歡超自然研究而鮮少在大家面前出現，也許早就成為校花了吧？

不過想一想也因為這樣，小廣才有這樣的機會和欣語單獨在一起，或許是幸運，還是真的有所謂超自然力量的安排？小廣一想到這裡，忍不住滿臉都是笑容。

「看來你的心情很好呢！」欣語微笑著說。

「咦？哈哈！」小廣趕緊輕咳了幾聲，故作嚴肅的說：「這些資料再一下下，等等就快點寫一寫回去吧！」

「嘻嘻！校園內的青春故事嗎？」兩人的旁邊傳來了一位年輕女性的聲音。

「誰？」小廣抬起頭望向聲音的方向。

是一個穿著黑色斗篷、黑色皮衣的銀白色長髮年輕女孩子；女孩子看起來不過二十出頭，不提那身奇怪的打扮，這女孩子長得非常的漂亮。

小廣站起身，很嚴肅的說著：「我不管妳是誰，這裡是學生會的教室，沒有經過許可是禁止進來的……」小廣邊說邊靠近年輕女孩子。

「住口！」年輕女孩子將手中的短鞭指向小廣！小廣被嚇得站在原地，一時反應不過來。

欣語看情況似乎不太對勁，想要衝到電話前打給駐校警衛，卻突然發現無法動彈，想要叫也發不出聲音！欣語仔細察看，發現那位奇怪的年輕女孩子，只是用手指著自己，自己就一步也無法移動！

小廣也是同樣的狀況，連動也動不了，更別說發出聲音。

年輕女孩子帶著不懷好意的笑容說著：「等等會有一場秀可以看，我希望你們兩個乖乖的站好，我達到我的目的後，就會放你們走。」

欣語看到年輕的女孩子也散發出微微的藍色光芒，知道事情恐怕沒那麼簡單……

「出來吧！『黑暗住民』以及『克雷姆林』！」年輕女孩子說完後，從地板和半空中出現了活死人喪屍和小惡魔克雷姆林！接著年輕女孩子抽出了一張黑色的塔羅牌，看著塔羅牌說著：「莉嘉的能力繼承者，妳到底有沒有辦法來到這個地方呢？可不要讓我失望呀！」年輕女孩子似乎命令著這些被召喚出來的魔物，克雷姆林馬上飛到教室外，喪屍也慢慢的離開了學生會教室。

「哼哼……」年輕女孩子邊笑邊拿著短皮鞭自言自語著。

「願我們闇夜星辰的黑玫瑰，在妳的屍體上綻放。」

＊

「悅吟，我覺得情況不對勁，我感受到邪惡的力量。」莉嘉突然在悅吟腦海中出現，這讓悅吟停下了腳步。

「怎麼了嗎？」長佑轉過頭看著悅吟，看到悅吟嚴肅的表情，有點驚訝的問著：「發生什麼事了？難道說又有什麼怪物要出現了嗎？」

悅吟拿出了腰間的塔羅牌，抽出了其中一張牌卡；牌卡慢慢的顯現出圖案，像是一個坐在王位上的皇帝圖案。

「編號04，大阿爾克牌中的『皇帝』，擁有至高無上的權力，是塔羅牌驅魔師牌卡中非常強力的一張牌。」

「哇！又有新的塔羅牌了！」長佑聽不到莉嘉的聲音，也看不到莉嘉，只看到塔羅牌發著光後出現了皇帝牌卡。

也不知道在什麼時候，濃霧瀰漫在整座校園之中。

「這一次的敵人不同於之前的克雷姆林，恐怕會有不得不用皇帝牌的時候了。」

莉嘉的話說完後，悅吟發現前方的路上出現了一群人影。

「怎麼還那麼多人……」長佑仔細看後，臉色瞬間變得鐵青！

兩人的前後退路，遍布著一群一群的喪屍！

Chapter V.The Hierophant

「到底怎麼了？學校突然出現這種東西？」長佑緊張的說著，發現喪屍越來越靠近，「悅吟，妳可以用塔羅牌來應戰嗎？」

「我試試看……」悅吟拿起了剛剛解開封印的「皇帝」牌卡，對著前方的喪屍喊著：「塔羅牌驅魔術……皇帝！」悅吟的聲音雖然小，卻還是唸得很清楚！

就這樣過了幾秒鐘，卻沒有任何的動靜。

「怎麼會這樣？」長佑緊張的問著悅吟。

「我再試試看……」悅吟拿起了皇帝塔羅牌，再一次集中精神，將皇帝牌對著眼前的喪屍，「塔羅牌驅魔術！皇帝！」

還是沒有任何反應。

「會不會是因為對這張牌卡還不熟悉？」長佑緊張的催促著：「試試別的牌卡

吧？或許其他牌更有效？」

悅吟點點頭後看著腰間的塔羅牌，抽出了前面已經解開封印的那幾張，看著「愚人、魔術師、女祭司、皇后」不太曉得該怎麼來選擇牌卡？

長佑看著悅吟似乎無法決定，指著塔羅牌說著：「之前我有看過妳使用過『魔術師』這張牌，要不要試試看？」

「魔術師嗎？」悅吟看著魔術師牌中四個元素，集中精神唸著：「塔羅牌驅魔術！魔術師！」這次塔羅牌終於有了反應，發出了淡淡的藍色光芒，魔術師桌上的四個屬性「寶劍」、「權杖」、「錢幣」、「聖杯」正在閃閃發亮著。

悅吟看了後，大聲喊著：「魔術師！寶劍！」喊完後，從塔羅牌的前方出現了好幾把寶劍，刺向前方的喪屍；好幾個喪屍被寶劍刺中後和寶劍一起消失了！

「成功了！」長佑說完後，指著學生會教室的方向，「我們快點去學生會教室和欣語學姐會合吧！」

「可是，巧菱學姐……」悅吟有些擔心的說著。

「妳有沒有注意到？」長佑指著前後的喪屍，「這些喪屍似乎是來追妳的，你看所有的喪屍都看往妳的方向……」還沒說完，長佑指著悅吟後上方，「小心！有怪物！」

悅吟快速召喚出五芒星錢幣，剛好將衝過來的克雷姆林擋住！克雷姆林撞到了五芒星錢幣後，像是被高壓電電到一般，發出焦黑的氣味，掉到地板上後消失了。

拿著塔羅牌的悅吟，有些疑惑的問著：「這些怪物到底從哪裡冒出來的？真的是衝著我來的嗎……」

「悅吟，我感覺到散發出邪惡氣息的敵人，似乎和妳的朋友欣語在一起。」腦海中又響起了莉嘉的聲音。

「長佑，莉嘉告訴我這次的敵人和欣語在一起，可能是在學生會教室。」悅吟拿起塔羅牌，讓塔羅牌發出淡淡的光芒，「走吧！我們就先過去學生會教室看看！」

「好！走這邊！」長佑指著另一棟大樓的方向說著：「就在前面另一棟教學大

樓樓上！」

兩個人在說話的時候，樓下的喪屍也跟著往樓上走，讓兩人都嚇了一跳！

「別說了！快點利用四樓和教學大樓連接的長廊，通往隔壁棟大樓的學生會教室吧！」長佑隨手抬起了一張桌子，往樓梯丟去！一瞬間，幾個喪屍倒在地上，兩個人往四樓跑去。

「魔術師！寶劍！」悅吟邊使用塔羅牌，邊和長佑前進，兩個人跑到了四樓連接隔壁教學大樓的長廊，突然有會飛的東西朝兩人飛來！

差一點就咬到了悅吟，悅吟叫了一聲：「呀！」朝旁邊跌倒！

悅吟坐在地上問著：「從哪裡飛出來的？似乎會憑空飛出來？」

「先站起來，」長佑拉起悅吟後說著：「似乎真的會從霧裡飛出來，是不是憑空出現，我真的不清楚……」

「聽莉嘉的說法，似乎有幕後的敵人在控制著魔物。」悅吟邊說，邊發出了塔羅牌的寶劍，將克雷姆林射下來。

長佑和悅吟跑到另外一棟教學大樓，邊跑邊揮開飛來飛去的克雷姆林，當跑到另外一棟教學大樓樓梯旁時，樓梯下方傳來了許多喪屍的聲音！

長佑緊張的說著：「好像越來越多了！怎麼會這樣？」一瞬間，長佑和悅吟前方的濃霧將路都遮住了，「貿然前進可能會被攻擊，該怎麼辦才好？」

悅吟看了看前方的濃霧，抽出了女祭司牌。

「女祭司！」悅吟用了女祭司牌卡，前方的濃霧大幅度的散去，總算可以看得到樓梯口和附近魔物的位置了。

「喪屍走得慢，不要被牠們攻擊到就好。」長佑和悅吟巧妙的閃過了大群喪屍，同時悅吟也巧妙的運用女祭司牌卡，知道附近怪物的位置；很快的，兩人來到了學生會教室門口，打開門走了進去。

一進去，就發現欣語和小廣兩人被綁在椅子上；綁住兩人的是一種很奇怪的黑色藤蔓，藤蔓從兩人的腳開始延伸到頭上，頭上還有一朵盛開的黑色玫瑰，景象相當詭異。

「欣語學姐?小廣學長?」悅吟忍不住叫著兩人的名字，兩人被緊緊綁住且無法開口說話。

長佑將學生會的門鎖上後：「外面的怪物似乎都靠過來了！」邊說邊將椅子和書櫃推到門口，擋住了大門，避免魔物衝進來。

「我去放你們下來！」悅吟想要過去解開兩人的藤蔓時，突然眼前出現了一個人影擋住了悅吟的去路，是剛剛出現在學生會教室的年輕女孩子。

年輕女孩子帶著輕蔑的笑容說著：「真是了不起啊！莉嘉‧奧修的繼承者。」

「什麼?妳怎麼知道莉嘉的名字?」悅吟驚訝的說完後，看著年輕女孩子。

年輕女孩子的相貌既亮麗又有氣質，如果不是穿著怪異的話，這位年輕女孩子一定很受歡迎，但是散發出來的氣息卻讓悅吟感到十分的沉重，年輕女孩子散發出來的氣息是一種黑色又令人窒息的感覺，強烈的壓迫感讓悅吟有一種喘不過氣的錯覺。

「繼承者，妳的塔羅牌雖然還不能活用，但是能夠用女祭司和魔術師突破那些魔物，也算是很優秀。」年輕女孩子手上拿著一顆骷髏造型的水晶球，邊笑邊說著：「好久沒碰到讓我這麼興奮的人類了，讓我多欣賞一下如何？」

「妳到底是什麼人？」悅吟雖然有些害怕，但還是大聲的問著。

年輕女孩子笑一笑，看著悅吟說著：「我的名字是『海柔爾』，是屬於『闇夜星辰』的『艾依瓦斯使者』。」

「什麼辰什麼斯使者的？」長佑大聲罵著：「一堆亂七八糟的東西，妳叫出魔物又綁住欣語學姐他們，到底要幹什麼？」

悅吟接著說：「簡單來說，他們是要讓大魔導士『克勞斯利』復活，所以要消滅我們塔羅牌驅魔師。」

海柔爾將短鞭子用力向旁邊一揮！生氣的說著：「竟敢直呼『克勞斯利』大人的名字！妳真的是太失禮了！」

「對付妳這種人，不需要講究什麼禮節！」悅吟直接拿出塔羅牌，對著海柔爾大聲喊著：「塔羅牌驅魔術！魔術師！」塔羅牌發出了好幾隻寶劍，飛向海柔爾！

悅吟對著長佑說著：「趁這個機會，快點去幫欣語學姐鬆綁！」

「無聊的把戲！」海柔爾用短鞭一揮，面前突然出現了一個六芒星的魔法陣，瞬間將悅吟召喚出來的寶劍通通擋住！撞到六芒星魔法陣的寶劍也掉落在地上消失了。

「哇！這個黑色藤蔓怎麼綁得那麼緊？」長佑嘗試將藤蔓解開，卻無技可施；這時候，長佑發現不遠處的茶水間有一把水果刀，決定跑去拿水果刀，試試看可不可以切開。

海柔爾蹲在地上，用右手畫出一個六芒星的圖案，六芒星的圖案慢慢發出黑色的氣息，「出來吧……魔狼芬里爾！」

從地上的六芒星魔法陣中，慢慢出現了一隻深黑色長毛的大型野狼！

「嗚嘎──」魔狼芬里爾的叫聲讓教室內的悅吟和長佑心驚膽跳！這時候喪屍群也撞破了學生會大門，克雷姆林和喪屍群將悅吟逃走的路給阻斷了！

「莉嘉的繼承者，妳就死在這裡吧！」海柔爾殘酷的冷笑著，用短鞭指著悅

吟：「芬里爾！去將那個人類咬成碎片吧！」

「嗚嘎──」魔狼芬里爾衝向悅吟！

長佑緊張的大喊：「小心！」

「魔術師錢幣！」悅吟快速的召喚出魔術師的五芒星錢幣，芬里爾撞上了錢幣後發出了激烈的碰撞聲！五芒星錢幣很快就被瓦解掉，能量發生了衝擊，悅吟被爆炸的能量波影響，炸飛撞向牆壁！

「皇后麥穗！」在悅吟快要撞到牆壁時，牆壁上出現了許多麥穗將悅吟包裹起來，將衝擊力道完全的吸收後，麥穗溫柔的協助悅吟慢慢的站起身後，麥穗也消失得無影無蹤。

悅吟的瞳孔又變成了藍色，身上散發出來的藍色氣息更加的強烈，就和之前莉嘉附身在悅吟身上一樣的感覺。

莉嘉再一次的附身在悅吟身上。

「悅吟，這次的敵人不好對付，她們是黑暗塔羅牌的魔力者。」莉嘉對著腦海中的悅吟說著。

「能夠對付嗎？」腦海中的悅吟擔心的問著，莉嘉對著腦海中的悅吟點了點頭，悅吟安心了許多。

芬里爾對著悅吟低吼著，雖然身上的毛受到剛剛的五芒星錢幣的影響有些焦黑，但是基本上芬里爾並沒有受傷，似乎準備再一次對著悅吟衝過去！

「魔術師，寶劍。」悅吟拿著魔術師牌卡，從魔術師牌中出現了大量寶劍，朝附近的魔物射去！一瞬間，克雷姆林和喪屍都被射中消失，悅吟則是看著芬里爾，慢慢的走向芬里爾。

「嗯？怎麼……」海柔爾立刻發現了悅吟似乎不太一樣。

悅吟的表情冷靜又殘酷，一點也不畏懼芬里爾；這讓芬里爾更加的憤怒，準備要朝悅吟跳過去！

「芬里爾，等一下！」海柔爾喊著芬里爾的名字，芬里爾瞬間冷靜下來，瞪著悅吟警戒著，海柔爾的輕蔑笑容已經消失，拿著短鞭走到了芬里爾的旁邊，對著悅吟說著：「妳……是不是莉嘉？」

「我是誰並不重要。」悅吟看著海柔爾說著：「重要的是我必須要阻止克勞斯利復活，你們這些自稱使者的盲目跟隨者，若還是執迷不悟，我就必須將你們打倒。」

「住口！」海柔爾生氣的說著：「新世界的到來是克勞斯利大人崇高的理想，這不是你們這些愚昧的人類所能理解的！再說，妳早就不是這個世界的人了，別再來妨礙我們！」

「我不是這個世界的人，克勞斯利難道就是？」悅吟拿起塔羅牌，全身發出了強烈的藍色光芒，「當年為了阻止克勞斯利，我犧牲了生命，這一次不會再犯同樣的錯誤了，只要打倒你們，就可以阻止克勞斯利復活，似乎比起以前還要簡單多了吧？」

「少瞧不起人！」海柔爾用短鞭指著悅吟：「芬里爾！去把這個人類咬成碎片！」海柔爾邊說，邊朝地面畫出六芒星魔法陣，「黑暗藤蔓！在那個人類的身體綻放吧！」地面出現了黑色藤蔓，一起往悅吟的方向衝過去！

悅吟拿出三張塔羅牌，分別是「愚人、魔術師、女祭司」！

「塔羅牌陣法『時間之流』，請將三張塔羅牌的力量，集中在時間之流陣法中吧！」塔羅牌中的人物再次走出，魔術師使用數個權杖讓黑色藤蔓捲住後，再用寶劍將黑色藤蔓斬斷！大型的五芒星錢幣再次像盾牌一樣，將芬里爾彈開！

「嘖！」海柔爾拿起短鞭，再次在面前畫出六芒星魔法陣：「黑暗塔羅牌，黑暗魔導師！」從六芒星的魔法陣中，出現了一位全身黑色，散發出邪惡氣息的黑暗魔導師！學生會教室內憑空出現了陣陣狂風，看來是從魔法陣中吹出來的！從黑色魔法陣中，還能感受到令人不舒服的惡意，一直源源不絕的冒出黑暗能量！

長佑已經將欣語和小廣身上的黑色藤蔓割斷，三個人看著從六芒星中出現的黑暗魔導師，目瞪口呆！

「到底是怎麼回事啊？是在拍電影嗎？」小廣一頭霧水又害怕的躲在長佑身後發抖著。

長佑有些緊張的說著：「那看起來也像是塔羅牌的力量……只是怎麼這麼的邪惡？塔羅牌的力量不是正義的嗎？」

黑暗魔導師集中能量，召喚出一把大型的黑色寶劍，充滿黑暗能量的黑色大寶劍，直接朝悅吟方向飛去！

悅吟塔羅牌魔術師旁邊的愚人，拿起魔術師的五芒星錢幣當作盾牌擋住那把黑色寶劍！黑色寶劍和五芒星錢幣發出了強烈的能量，沒幾秒鐘黑色寶劍、五芒星錢幣和愚人都消失了！隨著愚人的消失，塔羅牌人物魔術師和女祭司也消失了。

「糟糕！」悅吟皺著眉頭說著：「陣法被破壞了！」長佑趁著空檔拉著欣語以及小廣躲到了悅吟身後；海柔爾冷笑了一聲，似乎集中精神要讓黑暗魔導師再發出一把大型的黑色大寶劍！受傷的芬里爾則是在海柔爾的身邊站著。

黑暗魔導師身上又開始集中黑色的能量！

「雖然黑暗魔導師的能量很強，不過海柔爾無法一直使用黑色塔羅牌。」悅吟拿出塔羅牌，一張空白的牌突然發出白色光芒，圖案慢慢出現一位頭戴三重冠，相貌似乎很威嚴的人物牌卡。

「什麼？怎麼回事？」在塔羅牌發光的同時，小廣身上也出現了白色光芒，似乎和那張新塔羅牌互相呼應著。

「編號０５，大阿爾克牌中的『教宗』，精神和智慧的象徵，是塔羅牌驅魔師牌卡中擁有特殊輔助能力的牌卡。」

教宗牌卡飄到了小廣手中，小廣既緊張又疑惑的問著：「到底怎麼回事？這張牌卡為什麼飄來我這邊？」

欣語笑著說：「哎呀！和我一樣呢！那張牌和你有緣份嗎？」

這時黑暗魔導師已經集中了大量黑色能量，大型黑色寶劍就快要完全出現了！

「不要聊天了啦！」長佑對著欣語和小廣說完後，問著悅吟：「現在該怎麼辦？那把黑色寶劍要飛過來了啦！」

「要借助兩位的力量了，單憑悅吟的力量，恐怕她身體會負荷不了。」悅吟轉過身，將「皇后」塔羅牌交給欣語，「我們再一次用塔羅牌陣法，請集中精神讓牌卡的力量出現。」

「好的，莉嘉小姐。」欣語雙手拿著皇后塔羅牌微笑著。

「到底是怎麼回事？」小廣拿著「教宗塔羅牌」，滿臉疑惑的說著：「現在到底是什麼奇怪的儀式？還有對面那個女人和那個黑漆漆的傢伙又是什麼？沒說清楚我完全不懂是怎麼回事……」

「噓……」欣語溫柔的用右手食指放在小廣的嘴唇上，「現在專心將精神和力量借給我們，不用擔心好嗎？」

「嗯……喔！」小廣非常的害羞，但是馬上拿著教宗塔羅牌閉上了眼睛……

「少在那邊卿卿我我的！看了非常討厭！」海柔爾集中了精神，大聲吼著：「黑暗塔羅牌！魔導師的黑暗寶劍！」

這一次射向悅吟等人的黑色寶劍，比起之前那把更加的大，且充滿了邪惡的力量！

「塔羅牌陣法『時間之流』！」悅吟抽出了「皇帝塔羅牌」，右邊站著拿著

「皇后塔羅牌」的欣語，左邊則是拿著「教宗塔羅牌」的小廣！長佑下意識的用雙手擋住了視線……

從塔羅牌中走出了「皇帝」人物，後面跟著四位騎士，分別是「錢幣騎士」、「寶劍騎士」、「權杖騎士」、「聖杯騎士」！四位騎士將飛來的黑色寶劍能量給淨化後，跟著皇帝人物一起衝向海柔爾！

「什……什麼……怎麼可能！」能量之大，讓海柔爾的表情瞬間僵住了！黑暗魔導師和六芒星魔法陣都被皇帝和四騎士的能量給衝破了！海柔爾的黑色塔羅牌隨著六芒星魔法陣的崩潰，也開始化成了碎片……

「克勞斯利大人……」海柔爾隨著能量的衝擊，緩緩的閉上了眼睛。

從小就因為有通靈能力，被家人和社會所懼怕、排擠，甚至被關進了精神病院；如果不是闇夜星辰將海柔爾帶出來，啟發了海柔爾的通靈能力，並接納了海柔爾，海柔爾到目前為止或許還被綁在床上，過著被人厭惡和遺棄的生活吧……

「新世界……因為沒有人類和社會，也就沒有痛苦，充滿了快樂和自由意志……」海柔爾的聲音越來越小，最終消失得無影無蹤。
學生會教室發生了大爆炸！

Chapter VI.The Lovers

「泰羅綜合學校昨日發生了大爆炸，起因研判是瓦斯外洩造成的氣爆，所幸現場已無學生，現在校方正在快速清理當中……」

小廣將超自然研究社的電視關上，轉過身看著大家。

「到底是怎麼回事？」小廣有些激動的問著：「不只有神祕女子，還有怪物和塔羅牌，昨天發生的事情可以解釋一下嗎？」

「別那麼激動嘛！」欣語端著放滿茶杯的拖盤來到了大桌子前，「大家喝一口茶，慢慢說嘛！」

「哇！等好久了！」悅吟高興的拿起鮮奶油奶茶。

「我還是和巧菱學姐一樣喝烏龍茶好了。」長佑拿起了烏龍茶茶杯。

巧菱也拿了一杯烏龍茶，對著長佑說著：「還是你有品味。」說完後喝了一口烏龍茶，「金萱烏龍茶的味道真是好喝！」

「來，小廣，這是你的減量鮮奶油奶茶唷！」欣語微笑著將茶杯放到了小廣面前。

「別光顧著喝茶！把話說清楚啊！」小廣不高興的叫著。

小廣完全沒有昨天爆炸後的記憶，等到自己清醒時，已經在自己的床上了，若不是新聞有報導，小廣幾乎快認為昨天的意外只是一場夢；問了家人，小廣昨天並沒有去補習班，回到家就直接回房間休息的樣子。

今天起床後到了學校，才發現教學大樓中學生會教室和其他附近幾間教室都因為爆炸而毀了，留下來的只有一堆要重新製作的學生會資料……

「說清楚啊！到底是怎麼回事啊！」小廣急得大叫著。

「該怎麼說呢？」悅吟看著欣語，兩人互相看了一眼。

似乎，很不好說明！

＊

「簡單的說，就是悅吟妳在無意中開啟了莉嘉的塔羅牌，解放了能力後成為了塔羅牌驅魔師，利用塔羅牌救了長佑一命；接著來到了超自然研究社更確定了莉嘉的存在，然後在昨天有敵人要來取悅吟妳的性命？」小廣一口氣說完後，看著欣語。

「沒錯沒錯，大概是這樣子。」欣語微笑著，悠閒的和悅吟他們喝著茶。

小廣看到他們悠閒的態度，有些惱怒的說著：「妳們怎麼可以還那麼無關緊要的喝著茶？要知道昨天我差點被殺掉耶！連學生會教室都被炸掉，我現在可是一個頭兩個大呀！」

「那也是沒辦法的事情啊！」長佑聳聳肩說著，「昨天說要把悅吟塔羅牌毀掉的奇怪女孩子也不見了，現場被炸掉也沒線索了，現在可是什麼事都不能進行的狀態啊！」長佑說完後，繼續翻著雜誌看著。

「你啊……」小廣正要對長佑抱怨時，突然被欣語拉著手坐到了位置上。

「別生氣！別生氣！這個麻煩你寫一下吧！」欣語給了小廣一張紙。

小廣接過來問著：「什麼東西？」紙上寫著「超自然研究社入社申請書」，小廣不解的問著：「是誰要加入這個超自然研究社？」

「還問。」長佑放下雜誌看著小廣：「當然是你啊！」

「什麼？我？」小廣先是一臉不解的看著大家，接著會意過來後不耐煩的說著：「我根本沒有時間參加超自然研究社！學生會的工作都做不完了，更何況我還是學生會的書記……」

「拜託嘛！」悅吟對著小廣說著：「求求你幫幫忙好嗎？如果昨天不是你擁有『教宗牌』力量的話，可能我們大家都被殺掉了也說不定。」悅吟邊說，頭邊低了下來。

長佑也很認真的對著小廣說著：「再說，依照我看過的怪物和昨天見到的奇怪女人來看，也許這個世界真的會被毀滅也說不定……」

「世界毀滅？」小廣的臉色越來越不高興：「這麼危險的事情幹嘛要我一起加

入？我和你們完全不一樣，我只活在現實世界裡面，你們這些有『救世主情結』的人，我一點也不想要和你們一起對抗那些傢伙！」

「救世主情結……」長佑臉色難看且小聲的說著。

看到小廣那麼激動，悅吟和長佑互相看了一眼，似乎也對小廣的說詞不是很高興；但是小廣不願意接受，任何人也沒辦法去強迫小廣。

「難道小廣學長你一點都不在乎嗎？」悅吟對著小廣說著：「放任那些人和怪物去殘殺人類、攻擊人類，你完全都不在乎嗎？」

「反正，這個世界有其他人在，有軍隊、有警察，不需要我們強出頭，更何況我們只是普通的高中生而已。」小廣還是不願意接受，轉過身小聲的說著：「只要我不認識的人，看不到、聽不到我就不會在乎，就交給警察和這個世界的其他人去拯救世界吧！」

「就算是我，你也不在乎嗎？」欣語小聲的問著，「在我印象中，以前的小廣不是這樣的人。」

從小廣背對的身影來看，可以看得出來小廣微微怔了一下。

＊

小廣和欣語是從小到大的青梅竹馬。

兩人的感情從小就不錯，從幼稚園開始兩人就會互相遊玩當朋友，從小學開始，也會到彼此家中互相分享心事和互相勉勵，兩邊的家境都很好，欣語是富商的女兒，父母親在政商名流界都很有名；小廣家則是書香世家，父母親都是學者、研究者，再加上欣語和小廣都是學校優秀的的學生，兩個家庭也很樂意他們這樣持續當好朋友。

只可惜，兩人上了私立國中後，小廣的性情就突然變了。

對於欣語不再那麼的友好，每天讓自己忙碌於學校的事務中；隨著周圍的男同學越長越高，小廣因為娃娃臉加上矮小的身材，讓小廣更加的介意自己的外表，直到欣語終於長得比小廣高後，小廣也開始盡可能避開和欣語見面的機會。

＊

小廣背對著欣語，緩緩的說著：「我不知道以前你認識的小廣是怎麼樣的人，現在的我就是現在的我。」

「咦？」悅吟腰間的塔羅牌突然發出了光芒，讓所有人看向悅吟的塔羅牌。

巧菱推了推眼鏡說著：「看來，又要有新牌了呢！」

空白的塔羅牌慢慢的出現了一男一女，後面有大天使祝福的圖案。

「編號06，大阿爾克牌中的『戀人』，熱戀中的戀人，若是塔羅牌驅魔師施術者和輔助者關係中有戀人關係，將可以強化牌陣中的威力，是一張特殊的輔助牌卡。」

「戀人？是說誰？」悅吟自言自語說完後，看了一眼長佑和欣語，三人不約而同一起看向了小廣。

小廣愣了一下，滿臉通紅的說著：「我才不管塔羅牌出現什麼牌卡！總之我什麼都不想管！」小廣說完後，氣沖沖的跑出了超自然研究社！

「小廣……」欣語看著小廣跑了出去，嘆著氣說：「沒想到他會這麼激動，到底是怎麼了呢？」

「不過這張戀人牌真的很奇怪呢！」悅吟好奇的拿起塔羅牌看著，「真的有可能會用到嗎？」邊說邊用眼角餘光偷瞄了一眼長佑，發現長佑的目光是看著欣語的；長佑似乎發現了悅吟在看著自己，有點害羞的搔搔臉頰。

「也許是照著順序出現的吧？」長佑拿起了一本塔羅牌的書，翻到了大阿爾克塔羅牌那一頁，「妳們大家看，上面有寫著所有塔羅牌的介紹，除了大阿爾克塔羅牌有二十二張外，另外還有宮廷牌十六張、小阿爾克牌四十張，總共七十八張呢！」

「七十八張！」悅吟似乎嚇了一跳，有些疲憊的說著：「每張牌的功能都不同，再加上陣法運用的變化……我連現在的塔羅牌都記不住了，接下來那麼多張牌，我到底該怎麼辦才好？」

欣語微笑的說著：「不要那麼灰心嘛！」欣語邊說邊摸著悅吟的頭，感覺就像是在跟小妹妹說話一樣，「不用那麼勉強自己，我們大家都會幫妳的呀！不要給自己太大壓力了。」

「是啊！如果又出現什麼奇怪的傢伙，我們大家都會支援妳的。」長佑也安慰著悅吟。

「我沒有特別想要幫妳。」巧菱突然說出這一句話。

欣語皺著眉頭對著巧菱說：「巧菱，妳怎麼突然這樣說呢？」

巧菱推一推眼鏡，對著悅吟說：「雖然我沒有特別想要幫妳，可是對於來擾亂這個世界的傢伙們，我是不會乖乖的不吭一聲的。」巧菱邊說，邊站起身走到悅吟面前，「所以，為了要阻止那些傢伙，不管妳要到哪邊，地獄也好、黑暗的盡頭也好，我都會一直跟著悅吟妳，直到把那群傢伙一網打盡。」

「嘻嘻！巧菱耍帥比男生還要像男生呀！」欣語忍不住笑了出來。

長佑雙手交叉在胸口：「是啊！這麼帥氣的話，竟然被妳搶先了一步。」長佑說完，對著悅吟笑著說：「悅吟妳放心！就算到了地獄，我也一定會在妳身旁保護妳的！」長佑說完，對著悅吟比出一個「讚」的手勢。

「不要學我說話，學人精。」巧菱冷冷的對著長佑抱怨。

「你們……謝謝大家。」悅吟對著大家道謝，眼淚忍不住從眼眶流了下來，雖然兩次戰鬥莉嘉都有出來幫忙，悅吟也都意識很清楚的知道發生了什麼事情，但是昨天神祕女子的出現讓悅吟非常的不安。

不過現在有了大家的鼓勵和支持，讓悅吟不再那麼的不安，內心反而更加的堅定了。

悅吟感覺心情平靜了許多，大家的安慰讓悅吟慢慢展現笑容。

「對！對！還是滿臉笑容的妳最可愛！」長佑這樣誇獎悅吟，悅吟也害羞的微笑著。

欣語望向巧菱問著：「對了，昨天巧菱妳在那裡？」

「社團教室，沒遇到你們說的那個女人，真的很可惜。」巧菱邊說，邊坐下來拿起自己的包包，像是在找東西，「等到我發現的時候，已經發生爆炸，在冒煙了。」

「應該說妳沒被捲進去算幸運嘍？」欣語雖然微笑的說著，悅吟和長佑則是苦笑著。

昨天發生爆炸後，要不是靠著莉嘉的力量，恐怕所有人都化為灰燼了，特別是那個神祕女子海柔爾，現場並沒有她的屍體或是其他東西，可能不是被吸入了特別的空間，不然就是真正的化為灰燼了。

莉嘉將大家帶到了後山入口附近，救了大家後，一直到今天都沒有出現。

「昨天我在做這個東西。」巧菱從書包內拿出一個小人偶。

「啊！這個是？」悅吟驚訝的叫出聲音。

巧菱推了推眼鏡說著：「這是莉嘉小姐版本的巫毒娃娃，叫巫毒莉嘉也可以。」

巧菱拿出來的巫毒娃娃和一般的巫毒娃娃不同，看起來更像是小型的洋娃娃；可能是因為莉嘉本身穿的套裝，再加上金色長髮的關係，若不是巧菱特別說是巫毒娃娃，所有人都有可能會誤會這只是個小型的娃娃而已。

「巫毒莉嘉？」欣語笑笑的說著：「名字好奇怪呢！莉嘉人偶或是莉嘉娃娃不好嗎？」

巧菱尷尬的搖搖頭：「不，那樣聽起來好像是某個動畫角色的名字，又或者是都市傳說中被詛咒的娃娃名字。」巧菱說完後，將巫毒莉嘉交給了悅吟，「這個是給妳的，我是用製作巫毒娃娃的方式做的，只是外表是莉嘉小姐就是了。」

「謝謝。」悅吟雙手恭敬的收下來，「只是巧菱學姐，這個巫毒莉嘉是做什麼用的呢？」

「這個對悅吟妳和莉嘉小姐都有好處。」巧菱拿起烏龍茶喝了一口，緩緩的說著：「莉嘉小姐畢竟不是這個世界的人，每一次都要藉由附身在悅吟妳的身上來戰鬥，或許短期內沒有影響，但是長期下去一定會造成悅吟妳身體的負擔。」

悅吟點點頭：「嗯！莉嘉也有和我說過一樣的話，而且莉嘉附身在我身上戰鬥之後，我都會特別的疲累。」

「因為莉嘉小姐身上的能量太強，不是人類的肉身可以完全承受的，所以透過陣法或是妳們昨天三人一人一張牌的方式來增強威力、分擔風險，利用這樣的方法來讓悅吟妳的身體負擔減輕，讓塔羅牌驅魔術的能量增加，發揮更大的效果。」巧菱又喝了一口烏龍茶，慢慢的說著：「這個巫毒莉嘉，可以減輕因為過多的能量，直接由莉嘉小姐傳給悅吟妳所造成的負擔，也可以將多出來的能量儲存在這個巫毒莉嘉中；可以想像成莉嘉小姐在這個世界的媒介之一。」

「可是要說是媒介，不是已經有塔羅牌了嗎？」長佑好奇的拿起了戀人牌問著巧菱。

巧菱點點頭後說著：「對，目前為止都是由塔羅牌當作媒介，莉嘉小姐再從『艾斯特拉魯』精神世界附身在悅吟身上；想像成一個瀑布，水從高處落到下方的水杯中，無論多堅固的杯子總有一天會瓦解掉，莉嘉小姐的能量就像是瀑布的水，而杯子就像是悅吟的肉體，這樣子下去總有一天會崩壞，也是可以預見的。」

「聽起來好可怕。」長佑邊說邊看了一眼悅吟，發現悅吟看著巫毒莉嘉的表情也是很凝重。

「當然可怕嘍！」巧菱指了指巫毒莉嘉說著：「所以這幾天我才會試著做出莉嘉小姐外型的巫毒娃娃，做巫毒莉嘉的目的，就是要將它當作保護悅吟，同時也是儲存多餘能量的中間媒介。」

「真的是很好的東西呢！」突然悅吟的腦海中響起了莉嘉的聲音。

似乎被巧菱感應到了，從書包內拿出了水晶球後閉著眼睛集中精神，幾秒鐘後張開眼睛說著：「莉嘉小姐，還滿意這個巫毒莉嘉嗎？」

「莉嘉小姐來了嗎？」欣語拿起了塔羅牌中的「皇后」牌，想要看看莉嘉小姐卻看不見，納悶的說著：「咦？這一次看不到嗎？」

巧菱說著：「欣語我教妳，要用自己的精神去感受，而不是用人世間的五感。」

「是這樣嗎？」欣語也閉起眼睛，慢慢的皇后塔羅牌發出了微弱的光芒，欣語雖然不像上一次能看到「模糊的身影」，但是閉著眼睛還是能感受到悅吟身邊的空位，確實有個「存在感很強的影像」，那位就是莉嘉小姐了。

莉嘉點點頭笑著說：「這個巫毒莉嘉確實是很好的設計，如果真的可以降低對悅吟的傷害，還能提高塔羅牌驅魔術的威力，這樣的東西就真的很不錯，巧菱小姐真是太感謝妳了。」

巧菱推了推眼鏡，嘴角的笑容充滿著自豪：「這只是小事，以後還有很多事情都有可能需要我的幫忙呢！現在說謝謝太早了。」

「啊！能感覺得出莉嘉小姐很高興呢！」欣語也微笑的說著。

長佑拿起了其他出現圖案的塔羅牌，卻發現自己還是沒辦法感應到莉嘉小姐，有些氣餒的說著：「實在太無趣了啦！連小廣都有教宗牌可以和他相應，我卻連一張相應的塔羅牌都沒有！」

「別這樣嘛！總有一天你會感覺到的呀！」欣語微笑著安慰長佑。

「什麼嘛！要等到什麼時候啊……」長佑將塔羅牌放回桌上時，無意間發現有一張空白牌似乎有淡淡的光透出來，長佑將牌拿起來看著，慢慢的牌出現了新的圖案！

這一張圖案中，是一個戰士坐在兩輛黑白人面獅身戰車上的圖案。

「編號07，大阿爾克牌中的『戰車』，意味著遠征和英雄合作的牌，在塔羅牌驅魔術中是可以加快施法速度的輔助牌卡。」

「又有新牌了呢！」悅吟笑著對長佑說。

長佑點點頭，臉上充滿著訝異的神情：「雖然我也很訝異有新牌，可是我更訝異的是……」長佑頓了頓，吞了一口唾液說著：「我可以看到莉嘉了，原來莉嘉是長這樣子，看起來很模糊啊！」

「第一次看到都會訝異的。」巧菱看著長佑說著：「或許悅吟本人沒有發覺，我相信你們應該都有注意到了吧？」

「什麼?注意到什麼？」悅吟好奇的問著。

長佑點點頭說著：「有，我看到就覺得很訝異了。」長佑看了看莉嘉，又看了看悅吟後，緩緩的說著：「莉嘉和悅吟……長得實在是太像了！」

「咦？真的嗎？」悅吟這時候才注意到，自己在意識中或是夢中看到的莉嘉，臉孔都有些模糊不清，也或許說是看過後，卻又不記得的感覺。

「或許，還有更多的謎團和巧合呢！」巧菱邊說，邊看著水晶球。

莉嘉接下來沒有再說什麼，很快的又消失了；悅吟也將巫毒莉嘉和塔羅牌一起隨身帶在身上，畢竟什麼時候還會有敵人出現誰也無法保證。

戰車牌的出現，似乎訴說了接下來悅吟的命運。

*

在偏僻的山中，有一棟簡陋的小木屋。

「嗚……」海柔爾躺在一張木製的床上，似乎非常痛苦，皮製的衣服雖然沒有燒掉，卻有一部分已經被火燒壞了；魔狼芬里爾就在旁邊坐著，原本黑的發亮的毛，現在幾乎有一半以上都已經焦黑。

木門被打開了，有個人影慢慢的走進來，芬里爾瞧了一眼進來的人影，低吼了幾聲。

「不是說不會失敗嗎？竟然還讓我多跑了這一趟。」是一個老人的聲音。

老人披著一件黑色的斗篷，身體彎曲又矮小，拿著一隻木製權杖，臉上充滿著邪惡的笑容。

「吼嚕嚕……」芬里爾對著老人發出低吼的警告聲音。

「別緊張，畜牲。」老人伸出手，手中發出了黑暗的氣息，「海柔爾是克勞斯利大人復活的重要一環，我不會對她怎麼樣的。」老人對著芬里爾繼續說著：「看海柔爾受那麼嚴重的傷，你是不是有辦法告訴我，到底發生了什麼事情？」老人說完後將手放在芬里爾頭上，慢慢的芬里爾頭上出現了淡淡的白色光芒。

芬里爾的記憶就像是影像一樣出現在老人的腦海之中！

「莉嘉的附身？三張牌的陣法？咯咯咯！難怪海柔爾贏不了！」老人發出了邪惡的笑聲，「是你這隻畜牲在危險的時候救了海柔爾啊？也多虧你的幫忙啦！咯咯咯……」

「不准叫牠畜牲！雷爾法……」海柔爾掙扎的坐起身，卻因為體力不支一時之間失去了重心！在跌下木床的那一瞬間，芬里爾用毛茸茸的身體支撐住了海柔爾的身體。

雷爾法邪惡的笑著：「喀喀喀！妳的失敗也不能怪妳，莉嘉還活著的時候就被稱為天才塔羅牌驅魔師，是僅次於克勞斯利大人的天才年輕魔導士，在人世間的時候就如此優秀，要不是莉嘉附身的人類肉體太弱，恐怕莉嘉用一招驅魔術就可以把妳殺死了呢！妳要感謝命運的安排是如此的幸運。」

海柔爾不高興的說著：「少廢話，雷爾法。你來這邊到底要做什麼？」

「闇夜星辰知道了妳的失敗，所以我才來到了這裡收拾殘局。」雷爾法看著芬里爾，邪惡的笑一笑：「妳也知道我老了，人也走不動了，更何況要我面對可以被附身的莉嘉繼承者，我也沒有勝算。所以，喀喀喀！」

海柔爾看著雷爾法，不太清楚雷爾法的想法，但是海柔爾本能的知道這個老人的殘酷，絕對不是自己能掉以輕心的。

「我想和妳借一借這畜牲，喔！不對，芬里爾，魔狼芬里爾。」雷爾法邊說，邊指著芬里爾。

「吼！」芬里爾下意識反應想要咬住雷爾法！卻被海柔爾抱住阻止了。

海柔爾很清楚，此時自己已經沒有了黑暗塔羅牌和黑暗水晶球，自己擅長的「召喚魔物」和「死亡塔羅牌」都無法使用，唯一能保護自己的武器就只剩下芬里爾而已了。

惹火了雷爾法，恐怕自己和芬里爾都是死路一條。

「你到底想要幹什麼？」海柔爾瞪著雷爾法。

「喀喀喀！很簡單。」雷爾法說著：「引誘他們來到這邊，設下陷阱來對付他們，同時還可以將支援她的支援者支開……喀喀喀！」

海柔爾小聲問著：「怎麼做？」

雷爾法沒有回答，只是在月光下發出令人刺耳的笑聲……

一場危機，已經悄悄的襲擊著悅吟她們。

＊

正在房間靜坐的巧菱，很專心的在感受周圍氣場間的流動。

每個人體內的氣場都是不一樣的，多數人也只能感覺出「某人讓我感覺很討厭」或是「某人讓我感覺不太舒服」這樣的程度；而巧菱天生就能察覺一般人無法察覺的氣場和能量，甚至透過了修行，能夠看得更清楚每個人的氣場。

水晶球擁有淨化磁場和能量的作用，也擁有能夠提高使用者感應的作用；當天巧菱也是透過了靜坐，才發現了悅吟那股異常強大的氣場。

「沙沙……」一瞬間，有種很強的氣場突然出現在附近！

「什麼人？」巧菱很快的張開眼睛，站起身跑到了窗戶邊！

一瞬間出現的強大氣場到底是什麼？絕對不是錯覺！

「我可不希望又有敵人出現啊！」巧菱自言自語的說著。

當天在學校內有一種結界，讓巧菱無法感應到校內已經亂七八糟；當天設下的結界布滿整個校園，要做到這種效果，對方一定是個很強的修行者才對……甚至有可能不是人！

但是剛剛那一瞬間不是錯覺，肯定有什麼很強的人出現在附近又消失了！

巧菱有著很不好的預感，也感覺到了危機慢慢在接近了。

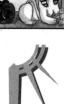

Chapter VII.Chariot

接下來的幾天，悅吟和大家一樣都很和平的過著日子。

拿著球棒的同學也已經康復回到學校上課了，對於其他男同學詢問起當天的事情，拿球棒的男同學也是說不記得了，身上除了一點輕傷之外，並沒有其他男同學說的受了重傷的大傷口；長佑也是宣稱不記得當天的事了，只記得自己和球棒同學一起出現在醫院，也許是被警察救了吧？

當然這樣的說法誰也不會相信，但是面對長佑一貫的說法，整件事情也只好不再追查了，這樣讓長佑和悅吟省下了不少麻煩。

但是面對超自然研究社的廢存問題，很快的大家即將就要面對。

這天學校放學後，大家集中在超自然研究社社團教室內。

「所以呢！我收到學生會的公文了，這個月底再不提出第五位社團成員的申請，就要被廢社了。」欣語邊微笑邊說著這令所有人震驚的消息。

「咦？那怎麼辦才好？」悅吟擔心的說著，卻想不出辦法，只能低頭看著鮮奶油奶茶發著呆。

長佑皺著眉頭問著：「學生會不是有小廣學長嗎？而且不是學生會教室炸掉了嗎？怎麼還會發公文？」

「就是炸掉了才被發現的。」巧菱推了推眼鏡說著：「原本所有事務都要經過小廣那一邊，一直以來小廣也都處理得很好；但是這一次因為社團教室炸掉後，學生會的工作小廣一個人忙不過來，一不注意就被發現我們社團人員不足的事情了。」

欣語喝了一口奶茶後和大家解釋：「雖然小廣一直想幫我們隱瞞，但最後還是被學生會發現了，如果不是因為小廣很認真，恐怕會被當成包庇或是辦事不力的書記，會被拉下書記的位置也說不定。」

悅吟看著欣語，擔心的問著：「上一次之後就沒看到小廣學長了，他真的願意

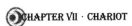

加入我們超自然研究社嗎？」從悅吟的表情可以看得出來，悅吟是真的擔心超自然研究社廢社的事情。

巧菱也喝了一口烏龍茶，平靜的說著：「雖然成員不足會被降為同好會，我們還是可以私下聚一聚，可是……」巧菱看了看超自然研究社的教室中，那些奇怪的收藏品及各地特別的紀念品，「我也不希望有好幾代歷史的超自然研究社，就這樣在我們的手中結束掉了；畢竟接下來的社團歷史，我希望由我們來創造。」

聽了巧菱的話，大家瞬間都覺得很感傷，好不容易彼此間都有了認同感，怎麼可以在這時候就結束呢？

「真希望可以有新社員加入呢！」悅吟小聲的說著。

欣語搖搖頭，對著悅吟說：「我們在剛開學的時候很認真的招募過了，現在的新生似乎都對超自然研究沒有興趣，大家寧可加入流行感超強的熱音社、熱舞社，對於我們這種死板又迷信的社團，真的提不起大家的興趣。」

「迷信又死板？」長佑有點不耐煩的說著：「真希望第五位成員能寫莉嘉小

姐，這樣不是很棒嗎？」長佑邊說，邊對著巫毒莉嘉說著：「莉嘉小姐，你也說說話啊！看你能不能製造出一點奇蹟，或是出來寫個申請表，這樣我們就不用煩惱啦！」長佑似乎很認真的對著巫毒莉嘉說話，這個畫面在其他人的眼中反而有點滑稽的感覺。

長佑雖然有點半認真的對著巫毒莉嘉說著，巫毒莉嘉卻沒有任何的反應。

「看來真的要去說服小廣了呢！」巧菱看向欣語。

欣語點點頭：「也只有這樣子了。」

「莉嘉小姐，我不得不說，我們這樣辛苦也是為了要幫忙拯救世界，妳這樣完全不管似乎太不夠意思了……」長佑對著巫毒莉嘉說教，悅吟和巧菱也只能在旁邊看著長佑發洩情緒。

欣語邊喝著鮮奶油奶茶，邊思考著怎麼說服小廣。

該怎麼辦呢？

＊

「又是要說那件事嗎？我說過我不可能參加。」

小廣正在回家的路上，欣語這一次故意選這個時間來說服小廣；欣語前幾次也稍微說服過，但是選擇在回家的路上，則是第一次。

「別這樣說嘛！」欣語滿臉微笑的說著：「不然，我請你吃些東西，你就當作陪我聊聊好嗎？」

「吃東西？」小廣看著欣語。

兩個人來到了附近比較熱鬧的街上，一間非常有名的甜甜圈店；甜甜圈店上有企鵝當作吉祥物，很受年輕人的歡迎。

「penguin－penguin！最愛甜甜圈！」店內放著輕快的音樂廣告。

小廣拿著裝滿甜甜圈的托盤，對著欣語抱怨著：「你說要請我吃東西怎麼還是我買單呢？」

「不要介意嘛！剛剛我去拿點數兌換最新的『花冠波提企鵝鎖匙圈』，結果沒想到最後一個被一個男學生換走了，真可惜呢！」欣語邊說邊和小廣坐下後，拿出了皮夾問著小廣：「那麼小廣，甜甜圈多少錢呢？」

「不用了啦！」小廣把托盤上的甜甜圈交給了欣語，拿起了熱咖啡喝著，「如果是要勸我加入超自然研究社，那還是省省吧！」

不等小廣說完，欣語直接插話：「小廣，你為什麼一直躲著我？」

「欸？」小廣真正的愣住了，熱咖啡還灑了一些出來，「啊！燙燙燙！」

「真是的，還是一樣那麼不小心。」欣語拿出了手帕，交給了小廣。

小廣接過手帕，將不小心灑到襯衫上的咖啡擦掉；自己真的一直盡可能避開和欣語見面的機會，自覺表現的很自然，還是被發現了嗎？

明明喜歡欣語，又怎麼會做出這種刻意逃避的事情來呢？

欣語看著小廣，小廣把熱咖啡放到桌上，似乎陷入了回憶之中。

＊

上了國中後，周圍的同學身高越來越高，甚至連欣語的身高都和小廣一樣高了，小廣的身高還是停在小學的時候，矮小的身材讓小廣越來越介意；就算小廣的娃娃臉很受大家的歡迎，但是真正讓小廣在意的也只有欣語一人。

就算被少數懷有惡意的男同學嘲笑身高矮，卻也因為深受女生歡迎的正太模樣，讓小廣不但不介意嘲笑，還很喜歡因為身高矮又娃娃臉的特點，能和大家打成一片。

然而，一天下午小廣代表班上去參加學校的校內服務，結束後小廣想要快點回到班上，卻在走廊轉角不遠處，發現走在前面的欣語和其他女同學；原本想要過去打招呼，卻無意間在後方聽到了她們聊天的內容。

「欣語，妳喜歡的是什麼樣類型的男生呢？」滿臉雀斑的女孩子問著欣語。

「喜歡的男生類型嗎？」欣語想了一下，笑笑的回答：「我喜歡的男生，一直都對我很溫柔，很高也很體貼，一直都保護著我呢！」

「咦？會希望是帥哥嗎？」雀斑女孩子問著欣語。

另外一位綁辮子的女同學搶著回答：「當然要帥呀！不但要帥還要有錢，最重要是要高挑啊！是吧？欣語，妳也喜歡高挑的男孩子吧？」

「是呀！能夠保護我的高挑男孩子我最喜歡了。」欣語微笑著回答。

幾句話，讓小廣心碎了。

也許該怪小廣偷聽，也許該怪小廣自己不成熟，從那一天開始，小廣開始刻意的避開和欣語說話和相處的機會，直到上了泰羅綜合學校，小廣仍然以學校的事務繁忙、補習和學生會等理由，盡可能不和欣語單獨在一起。

小廣矮小的身材，反而成為了兩人友情最大的阻礙。

＊

「這裡的波提甜甜圈真是好吃呢！」欣語吃了一口後，問著小廣，「你也嘗嘗看吧！很好吃的。」欣語說完後，拿了一個波提甜甜圈給小廣。

小廣收下後並沒有吃，只是拿在手上看著，小廣根本沒有想到，欣語會直接問自己這樣的問題。一直以來自己都當作欣語沒發現嗎？到底是自己認為欣語遲鈍，還是自己太遲鈍？竟然以為欣語沒有發現，自己想得太簡單了嗎？

「我幹嘛躲著妳？又沒有這樣的必要。」小廣喝了一口熱咖啡，裝作一臉無所謂的表情。

欣語將波提甜甜圈放下後緩緩的說著：「是嗎？那真是令人悲傷呢！」

「悲傷？」小廣好奇的問著。

「嗯！」欣語點點頭，微笑的表情看著小廣，「態度很明顯喔！如果你不是說謊話，那就是討厭我了。」雖然欣語的表情一直都是微笑著，卻仍然擋不住那一瞬間透露出來的寂寞神情。

「妳想太多了，絕對沒這回事。」小廣故作自然的回答，「只是學生會太忙了，所以我並沒有刻意做什麼改變。」

「這樣呀！那果然是我想太多了。」欣語微笑著回答，看起來似乎是不相信小廣的說法，卻不想戳破小廣的說詞。

怎麼可能討厭呢？只是真正的原因怎麼能說呢？因為自己偷聽到了欣語的聊天內容，所以產生了自卑，不想要和欣語靠近，這樣的理由嗎？一瞬間兩人都沉默了，只聽到甜甜圈店內快樂的輕音樂。

突然欣語打破了沉默：「我後來去問過了，學生會的成員似乎真的不能參加別的社團。」

小廣點點頭：「對，因為牽扯到社團經費或是申請補助等事情，所以學生會的成員一定要站在中立的立場，當然大社團也有例外，會有所謂的「學生會特別觀察員」的加入，但是並不能算在成員名單中。」

「所以，真的沒辦法？要被廢社了嗎？」欣語有些擔心的問著。

「這個我真的是沒辦法，總不能拿著刀子強迫別人參加吧？」小廣也是傷腦筋的說著：「我們學校雖然沒有夜間部，但是除了我們高中部之外也有二技部的學生，或許可以再嘗試看看，招攬其他學部的學生加入社團？」

欣語搖搖頭，有點無奈的說著：「沒辦法，一開始招攬成員的時候就試過了，不管是高中部的學生或是二技部的學生，都沒有興趣加入。」

小廣又喝了一口咖啡，有點不耐煩的說著：「是說，幹嘛一定要和那個眼鏡女參加什麼超自然研究社啊？憑欣語妳的才華和聰明才智，加入其他社團一定會受歡迎的，又為什麼一定要參加那種奇怪的社團？」小廣頓了頓，伸出食指，「我先說清楚喔！不要給我拯救世界這種答案，因為早在驅魔塔羅牌女孩出現之前，妳就已經參加那種奇怪的社團了。」

欣語閉上眼睛幾秒鐘後，張開雙眼說著：「首先……巧菱不是眼鏡女，悅吟也不是驅魔塔羅牌女孩，小廣至少要記住人家的名字吧？」

「哼！」小廣有些不高興，不過還是嘟著嘴點頭。

「為什麼要加入超自然研究社，也是因為有興趣呀！」欣語微笑著回答。

超自然研究社和其他社團不同，沒有競爭，也沒有壓力，欣語加入後馬上和上一屆的學姐們相處融洽，每天開心的研究古文明或是超自然能力，還能愉快的喝著下午茶，鮮奶油奶茶也成為了大家喜愛的下午茶；和巧菱的也是在那時候漸漸熟識了起來。

但是升上二年級後，原本加入的成員隨著畢業或是退出，最後也只剩下了巧菱這一個超自然研究的特別熱愛者，還有喜歡下午茶和這種融洽氣氛的欣語了。

「藉由研究各種主題，發現各種世界上神奇的事物，沒有紛爭、沒有區別，人類就像是這世界上渺小的一分子，在某種意義上可以說是渴望世界和平吧！」欣語邊說，邊露出了笑容。

看著欣語那麼的喜歡，小廣也說不出話來……為了一直包庇超自然研究社成員不足的事情，小廣已經被學生會罵了一次，當然小廣很自然的就以資料已經燒毀為理由為自己脫身，可是超自然研究社仍然逃不過被學生會下最後通牒的命運。

「要吃甜甜圈，就要吃PENGUIN甜甜圈！」店內螢幕中帥氣的企鵝喊著，「現在集點，贈送限量版『花冠波提企鵝鎖匙圈』！要把握機會唷！」

欣語看了看後，笑笑的說著：「那個鎖匙圈要下星期才會再進貨，真希望下星期就可以換到。」

兩人後來閒聊了幾句後，離開了這間甜甜圈店，兩人回家的路相同，因為從小到大兩人都是鄰居嘛！只是似乎這個時候，兩人的話少了許多。

小廣內心很掙扎，自己對於欣語的心意是無庸置疑的！從以前小廣就很喜歡欣語，每次都對著小廣微笑的欣語，可以說是最棒的好朋友！是自己想要進一步的和欣語成為情侶嗎？還是想要欣語的笑容只為自己綻放呢？

為什麼一直以來，拉遠兩個人距離的，會是自己呢？

小廣停下了腳步，欣語回過頭問著小廣：「怎麼了嗎？什麼東西忘了拿嗎？」

小廣低著頭唸唸有詞說得很小聲。

欣語聽不清楚，走近小廣問著：「什麼？小廣你說什麼嗎？」

「我說……」小廣鼓起勇氣，大聲的問著：「對妳來說，我還是太矮了，是嗎？因為我矮，不是妳喜歡的類型嗎？」小廣的態度很激動，一直以來壓抑的複雜情緒終於爆發了！「我一直、一直都很喜歡妳，卻因為我矮！所以我覺得配不上妳！可是，我真的、真的受不了了！我只想問妳，我真的是因為矮，所以配不上妳嗎？」

欣語頓了一下，有點難過的說：「為什麼……要這麼說呢？」

「為什麼？還不是因為妳說過的話！妳曾經說過妳喜歡高挑的男生。」小廣不高興的說完後，打算轉身就走，「沒什麼好說的了！」

「等一下！」欣語對著小廣說著，「我想你是誤會了，我絕對沒有嫌棄你矮。」欣語慢慢的走到了小廣身後，雖然欣語確實是比小廣還高，但是實際上兩人的身高也只不過差了幾公分而已。

欣語對著離自己只有一步之遙，卻背對著自己的小廣說著：「小廣你知道嗎？一直以來，有個男孩子始終都陪伴著我、保護著我，無論他的身高如何，這個男孩子在我心中一直都是很高大的，也是最能保護我的。」

「追根究柢，妳還是一樣喜歡高挑的男生啊！」小廣轉過身，卻發現欣語微笑中帶著眼淚，「妳……為什麼哭了？」

你還是不懂嗎？
在我心中，你就是最高最能保護我的男孩子呀！

「你還是不懂嗎？」欣語帶著眼淚微笑著說：「在我心中，你就是那個最高、最能保護我的男孩子呀！」

「什麼……」小廣愣住了，看著欣語的表情絕對不是在開玩笑，欣語是認真的。

欣語繼續說著：「我們的友情從來就沒有變過唷！無論你再忙，還是刻意的躲避著我，我也都是默默的支持著你，在我心目中，小廣一直、一直都是我最在意的人唷！」

小廣糊塗了。自己因為身高而對欣語劃清了界線了嗎？一直以來，小廣都認為是欣語把自己看輕了，又或者根本就是自己把自己看輕了？原本以為自己內心受了傷害，結果是自己在傷害自己，也傷害了欣語嗎？

眼前的欣語看起來多麼的悲傷，是自己把自己喜歡的人弄成這樣的嗎？

「不要哭了，欣語。」小廣試著想要安慰欣語，「我，真的只是太忙了，真的沒有……唔……」小廣緊張的想要解釋，卻發現怎麼解釋也說不清楚，嘆了一口氣後，小廣像是洩了氣的氣球一樣，「真的很對不起，是我誤會了。」

「不要說對不起。」欣語擦了擦眼淚，微笑著說：「能夠和小廣和好最重要，什麼誤會，或是過去的事情，就忘記吧！」

「這樣很好，那就……」原本小廣想要靠近欣語，卻發現欣語的背後似乎有什麼東西朝這邊射了過來！小廣大叫著：「小心！」邊將欣語往旁邊推！

先是感覺到胸口一陣刺痛，接著一股血腥又溫熱的感覺，從腹部湧入到小廣的喉嚨，接著鮮血從小廣的口中大量吐了出來！

「小廣？」被推到旁邊草叢的欣語還沒反應過來，只能眼睜睜的看著小廣的腹部插了一把像是匕首的物體，在自己的面前倒了下來……

欣語回過神，大喊著：「小廣！你沒事吧？」欣語邊喊，邊跑向小廣身邊。

小廣咳著血說著：「欣語……危險……快逃……」

「我不能放著你不管！我帶你去醫院！」欣語看著滿身是血的小廣，似乎陷入了混亂，想試著扶起小廣，卻讓小廣吐出了更多血。

「喀喀喀……」不遠處傳來了難聽的老人笑聲，欣語朝著小廣注視的方向看去，發現一個人影漸漸的出現：一個穿著黑色斗篷，正坐在一條大隻的動物上笑得很噁心的老人，欣語和小廣發現那隻動物很眼熟。

是之前那隻和神祕女子一起出現的魔狼！

老人從魔狼身上下來，指著欣語和小廣，露出了邪惡的笑容：「芬里爾，礙事的人類有一個已經倒下了，去把另一個帶走吧！」

「吼嚕嚕——」魔狼發出了低吼聲後，朝欣語狂奔而來！

「欣語！快逃吧……」小廣對著欣語說完後，又吐了幾口鮮血！

「不要！我不會留下你一個人的！——」欣語緊緊的握住小廣的手，閉上了眼睛。

「住手！」遠處傳來了熟悉的男性聲音，接著一顆棒球朝魔狼飛了過去，擊中了魔狼的眼睛！

「吼嗚——」魔狼雖然沒有受傷，卻因為被棒球打中眼睛，停頓了下來。

長佑邊揮舞著球棒，邊朝著兩人跑去：「別靠近他們！你這個混蛋！」長佑跑到了兩人前方，擋在兩人和魔狼的中間。

「又是礙事的人類，別和他們牽扯。」老人指著欣語對著魔狼說著：「主要是那個會幫忙用塔羅牌的人，就把那女的帶走吧！」

魔狼衝向了三人！

「別小看人！混蛋！」長佑的聲音劃破了寧靜的夜晚！

Chapter VIII.Strength

悅吟似乎察覺到了不祥的預感，身體猛烈顫抖著！

欣語學姐說要去說服小廣幫忙社團，長佑也去幫忙棒球隊的練習，巧菱學姐和自己也離開了社團教室，照理說應該沒有事情了，怎麼這個時候有一種強烈的不安！

而且莉嘉並沒有給悅吟任何指示，應該說悅吟沒有感受到莉嘉來找自己，但是這種強烈不安的感覺又是什麼？

悅吟想到了身上的巫毒莉嘉，發現巫毒莉嘉正在發出微微的淡藍色光芒！

悅吟拿起了巫毒莉嘉，似乎聽到了莉嘉的聲音。

「邪惡已經到來了……支援者發生危險了……」透過巫毒莉嘉，似乎莉嘉的聲音能傳達到了悅吟的腦海中。

危險？到底發生了什麼事情？悅吟拿著塔羅牌和巫毒莉嘉衝出了家門！到底是

什麼事情？真的有人發生危險嗎？到底是誰？悅吟拿起了手機，邊跑邊撥打電話號

碼。

長佑沒有接、欣語學姐也沒有接，不知道小廣學長的電話號碼，只剩下巧菱學

姐了，悅吟撥打了巧菱學姐的電話號碼，沒過多久，接通了電話。

「悅吟？怎麼了嗎？」電話那邊傳來了巧菱學姐的聲音。

者發生了危險，所以，想打給妳們，卻只有妳接通而已……」悅吟很緊張，卻又不

悅吟有些緊張的說著：「我有強烈不安的感覺，又聽到了莉嘉的聲音，說支援

知道該怎麼行動。

看看，妳連絡看看長佑。」巧菱在電話內告訴悅吟怎麼去欣語家後，掛斷了電話。

「別緊張，我知道欣語家的位置，小廣的家就在欣語家旁邊，我先過去欣語家

欣語學姐的家？到底該去欣語學姐家，還是先聯繫上長佑？

＊

長佑的手機掉落在地上，電話螢幕不停的顯示出悅吟的來電。

「混蛋……」全身都是傷的長佑倒在小廣的旁邊，想要去拿手機，卻沒有半點體力；小廣則是失去了意識，只剩微弱的呼吸讓長佑知道小廣還活著，但是也命在旦夕了。

長佑努力的想要抵抗，卻還是只能眼睜睜的看著欣語被魔狼帶走，臨走前老人的話讓長佑倍感無力。

「想要救這個女孩子，就叫莉嘉的繼承者來到這個地方吧！」老人留下了一張像是標記著某個山區內位置的地圖後，騎著魔狼帶走了欣語。

一切都來的太突然、太迅速，短短的一瞬間，長佑就已經倒在了地上了……

長佑閉上了眼睛漸漸的失去了意識，等到再次醒來時，悅吟已經在身邊了。

悅吟再一次的讓莉嘉附身在自己身上，利用牌陣在治療著小廣，巧菱則是在旁邊看著悅吟。

長佑坐起身，問著巧菱：「巧菱學姐，欣語學姐被帶回來了嗎？」
巧菱搖搖頭：「沒有……現在莉嘉小姐正透過悅吟盡全力救活小廣。」
莉嘉透過悅吟集中精神：「塔羅牌陣法『時間之流』。」
以女祭司為主搭配魔法師和戰車的牌陣，正快速的治療著小廣的傷。
「嗚嗚……」小廣的意識還沒恢復，但是看得出來似乎非常痛苦，因為痛而發出了些許呻吟。
「這樣可不行。」莉嘉抽出了悅吟身上的塔羅牌，其中一張空白牌慢慢出現了一張印有一個人馴服一隻獅子的圖案。
「編號08，大阿爾克牌中的『力量』，依靠馴服獅子的強大力量和信心，在塔羅牌驅魔術中，是一張可以大幅度強化效果的輔助牌卡。」
「再一次使用牌陣，『時間之流』！」這一次依然以女祭司為主，魔法師則和力量牌中的人物和獅子一同出現，將女祭司手中的治療聖杯能量大幅度的強化。
小廣的傷口總算慢慢的癒合，呼吸也慢慢的趨向了穩定；小廣已經脫離了險境，傷勢也已經不用再擔心了。

反而是悅吟，在治療好了小廣後，身體像是被吸光了能量一樣癱倒在地上。

＊

悅吟等到隔天早上醒來後，才發現自己是巧菱帶回家的，長佑則是帶小廣回去小廣家。

一整天的課程悅吟根本沒有心情上，應該說大家都沒有心情上課，欣語的失蹤遲早會引來軒然大波，但是在課堂上悅吟和長佑都沒有說過一句話。

到了社團教室，四個人幾乎不發一語，特別是小廣，身體尚未完全復原、臉色極度難看；悅吟的狀況也好不到哪裡去，因為莉嘉再度附身在自己身上，導致自己的身體相當疲憊，似乎已無法再負荷莉嘉的強大能量了。

這樣的狀況叫悅吟去救欣語，很有可能是去送死！

「我覺得……」長佑先說話了，「或許可以報警，靠著警察的力量去把欣語學姐救出來，我就不相信他們那群人可以連子彈都擋掉！」

巧菱推了推眼鏡，很嚴肅的說著：「不可能靠警察的幫忙，只要一報警，欣語的生命就會有危險。」

「那怎麼辦？」小廣終於爆發了出來：「就只能這樣眼睜睜的看著約定的時間到來嗎？回到根本，就是有什麼亂七八糟的塔羅牌驅魔術，才會有一堆鳥事！就算是拿悅吟去換欣語回來，我都覺得是應該的！」

「你說什麼！你這混帳！」長佑抓起小廣的領口，大聲的說著：「今天悅吟為了要拯救大家，承受了多少壓力？今天會有和平的日子不也是悅吟的幫忙？」

「在我眼裡，欣語比這個世界重要多了！」小廣的身高比長佑還矮了一大截，卻仍然不畏懼的反拉住長佑的領口，「只要欣語可以平安回來，我根本不在乎任何人的死活！」

「你還說！」長佑氣得大罵一聲：「混帳！」罵完後打了小廣一拳！

小廣被長佑打了一拳後往後倒！但是立刻不甘示弱的爬起身，快速的踢了長佑的肚子！小廣那一腳非常的用力，讓長佑痛得半跪下來！

小廣瞪著長佑說著：「別看我小隻，我可是有練過格鬥技的！」

「你這混帳！」長佑氣得臉都紅了，狠狠的瞪著小廣，準備要來第二回合！

「住手！」巧菱大聲的說著：「別把力氣浪費在這裡！欣語還等著我們去營救！」

聽到巧菱說的話，兩個人都停下來坐回位置上，看起來仍然怒氣沖沖的樣子。

巧菱站起身說著：「你們男生就是這樣，完全都不會想辦法，只會這樣衝動的互相指責嗎？」巧菱看向悅吟，嚴肅的問著：「悅吟，長佑有說要今晚十二點到那邊，不然欣語會……」巧菱低著頭，看起來也不太願意繼續說下去。

依照那些人的做法，如果悅吟沒去，欣語的遭遇可想而知。

悅吟站起身，緩緩的說著：「雖然我會害怕，但是我不能放著欣語學姐不管，所以……我一定要去把欣語學姐救回來！」悅吟說完後，對著小廣說著：「小廣學長你放心，我一定會去把欣語學姐帶回來你身邊的。」

「欣語……」小廣的眼淚突然在眼眶中打轉，低下頭說著：「對不起，我真的很希望欣語能夠平安回來，真的對不起……嗚嗚……」小廣一直忍耐著的眼淚，隨著對著悅吟的愧疚感和對欣語的擔心，不停的流下來……

「悅吟。」長佑雙手交叉抱在胸前，似乎也想不出其他方法，「不管要去那裡，我都會跟著妳的。」

「先不要難過，我有方法。」巧菱突然說著：「面對那些卑鄙的傢伙，我們要用智取，不要用蠻力。」巧菱笑了笑，「聽我說，我有好主意。」

「好主意？」悅吟和長佑以及小廣不約而同的看向了巧菱。

巧菱推了推眼鏡，露出了胸有成竹的笑容：「純粹的力量雖然像是這次的塔羅牌一樣可以馴服獅子，但是如果能利用智慧和信心來對付敵人，會產生一種更強大的力量，昨天他們卑鄙的偷襲，今天輪到我們反攻了。」

巧菱的自信，讓大家的心情都平靜了下來，也開始討論該怎麼營救欣語。

就在今晚，要給他們一點顏色瞧瞧！

＊

夜晚的星空非常美麗，尤其是在這種沒有光害的深山裡面。

但是今晚的風怎麼吹都覺得很不對勁，彷彿風中帶有不安的氣氛在，讓樹林中的每棵樹、每一片樹葉、甚至泥土中的每種養分，都帶有令人窒息的感覺，悅吟利用塔羅牌的能量，快速的前往約定好換回欣語的地點，也因為莉嘉賦予塔羅牌的能量很強，悅吟利用塔羅牌的能量也會造成附近磁場的影響，似乎在告訴著抓走欣語的老人，悅吟已經接近他們了！

月亮被烏雲籠罩住了，在黑暗中悅吟散發出的淡淡藍光似乎更加明顯，也代表著悅吟能量非常飽滿；到了約定好的地點後，悅吟站在一個空地上，似乎是對方故意約在這個深山中，樹木比較少的地方。

悅吟左右看了看，似乎對方還沒有到？正在疑惑的時候，一把匕首從黑暗中朝悅吟的胸口射過來！

「魔術師！」悅吟立刻召喚出魔術師牌中的五芒星錢幣，將匕首擋住後，立刻朝匕首的方向射出魔術師的寶劍！

寶劍並沒有命中任何人，卻逼得老人從樹叢中跳了出來！

「咯咯咯，果然是莉嘉的力量繼承者，這一點小把戲似乎傷害不了妳。」老人的笑容總是讓悅吟感到噁心又厭惡。

悅吟不耐煩的對著老人喊著：「欣語學姐到底在那裡？我已經來了快放她走！」使用塔羅牌驅魔術力量的時候，悅吟對於四周的敏感度和體力都大幅度的增加，這也讓悅吟的精神暫時處於一種微微亢奮的狀態；也許因為這樣的緣故，悅吟的勇氣和信心也變得更加的堅定。

「幾天不見了，似乎妳還是一樣很有精神啊！」從悅吟的身後傳來了女孩子的聲音，悅吟轉過頭，發現是海柔爾，海柔爾的身邊帶著欣語學姐，應該說是海柔爾坐在魔狼芬里爾的背上，芬里爾的身上就趴著欣語。

「是妳？快放了欣語學姐！」悅吟朝海柔爾走去，芬里爾立刻警戒的對著悅吟低吼！

海柔爾將欣語從芬里爾背上推下去後，騎著芬里爾來到了雷爾法旁邊，現在的海柔爾沒有了黑暗塔羅牌的力量，只能暫時依靠著芬里爾。

悅吟跑到了欣語身邊，輕輕抱起欣語，發現欣語沒有反應，悅吟緊張的喊著：「欣語學姐，妳沒事吧？欣語學姐！」

「別緊張，莉嘉的繼承者，」雷爾法邪惡的笑著：「我只是讓那個女孩子安靜一點，我並沒有對她怎麼樣。」

悅吟將欣語抱起來放到了一棵樹旁邊後，對著老人問著：「你是誰？到底要做什麼？」

「闇夜星辰的『艾依瓦斯使者』，雷爾法。」雷爾法笑一笑後，拿出了一張黑色塔羅牌：「沒有要做什麼，就是要取妳的性命而已，對於『克勞斯利的復活之夜』來說，莉嘉和妳太礙眼了。」

「克勞斯利的復活之夜？」悅吟沒時間想太多，雷爾法拿出了那張黑色塔羅牌之後，身上開始出現了邪惡的強烈黑色氣息！

雷爾法張開雙手，黑色塔羅牌的黑色氣息越來越強！

「充滿睿智和精神能量的『黑暗隱士』啊！帶來死亡的恐懼吧！」雷爾法邊說，邊發出了邪惡的笑聲！慢慢的在雷爾法的面前，出現了一個穿著破爛黑色斗篷的骸骨，拿著一盞左右輕微搖晃，人頭骨模樣的燈。

「什麼東西？」悅吟緊張的看著雷爾法前面的黑色斗篷骸骨！

「那是黑暗隱者，是邪惡的智慧象徵。」悅吟腦海中響起了莉嘉的聲音，「黑暗隱者會召喚魔物出現，妳要小心了。」

悅吟對著腦海中的莉嘉說著：「不能由妳來戰鬥嗎？」

「我已經在短時間內附身在妳身上太多次了，妳的身體會受不了，塔羅牌會借助力量給妳的。」莉嘉說完後，塔羅牌的能量又再次強化了悅吟。

悅吟再次拿起了塔羅牌：「我知道了，那麼就讓我來打倒那個奇怪的黑暗隱者吧！」悅吟說完後，拿著魔術師的牌卡慢慢的接近黑暗隱者。

「喔？果然是莉嘉的繼承者，一點都不害怕啊！喀喀喀！」雷爾法邪惡的笑了幾聲，對著黑暗隱者說著：「黑暗隱者，召喚出死亡的僕役們吧！」

黑暗隱者從眼睛窟窿發出了紅色的光芒，緊接著黑暗隱者的人頭骨燈籠也發出了紅色的光芒，黑暗隱者的前方出現了黑色的六芒星魔法陣，黑色魔法陣中開始爬出了大量的活死人！

「召喚這種黑色六芒星魔法陣很花時間和體力，如果要短時間畫好一定來不及。」雷爾法不懷好意的笑著，「所以只好畫好後請妳過來嘍！喀喀喀！」

原來這就是雷爾法設下的陷阱！

海柔爾在旁邊小聲的說著：「雖然沒辦法像我一樣靠著黑色魔導師直接召喚出低等魔物，但還是可以利用黑色隱者召喚出活死人來啊……」

「魔術師！」悅吟再次使用魔術師牌卡，好幾十把寶劍同時飛向活死人，將活死人一隻一隻的射倒在地上！

「喀喀喀！」雷爾法笑了幾聲，再次將更強大的黑色能量透過黑色隱者塔羅牌，傳向了黑暗隱者身上；黑暗隱者的人頭燈發出了更強大的紅光，倒在地上的活死人化成了能量，被新爬出來的活死人吸收了；吸收了能量的活死人變得更加的強大，悅吟越是攻擊，活死人數量就變得越多，且越加的強大！

「悅吟，用塔羅牌牌陣。」莉嘉提醒了悅吟。

「我知道了！」悅吟拿出了戰車、魔術師、力量三張牌卡喊著，「時間之流！」三張塔羅牌中的人物出現，駕駛著戰車的戰車人物和擁有馴服獅子的力量，將魔術師的牌卡人物大幅度的強化！

發出強烈能量的魔術師將大量寶劍召喚至半空中，對著六芒星魔法陣飛去！強化過能量的寶劍像是附有炸彈一樣，射進活死人身體的一瞬間，就將活死人炸成了碎片，能量四散的結果也讓黑色魔法陣，無法再吸取倒在地上的活死人能量。

雷爾法似乎能夠重複控制這種黑暗能量，讓活死人一次又一次的復活，悅吟的攻擊似乎已奏效，將活死人炸得粉碎就能讓活死人不再復活，雖然看來雷爾法的活死人戰法失敗，雷爾法卻仍然帶著邪惡的微笑。

「喀喀喀！看來要分散一下了。」雷爾法再次舉起雙手，黑暗隱者就像是接收到了指令一樣，將頭骨燈籠平舉起來，頭骨燈籠再度發出了強烈的紅光；突然在六芒星魔法陣的兩旁，又出現了兩個一模一樣的六芒星魔法陣，六芒星魔法陣瞬間變成了三個！

「什麼？」悅吟停下了腳步，發現三個魔法陣都爬出了魔物！

中間的魔法陣是打也打不完的活死人，左右兩邊從土裡爬出了的矮小怪物，看起來很像是長得很噁心的侏儒，外表和克雷姆林有點類似，卻沒有克雷姆林的翅膀，取而代之的是可以快速的在地上奔跑的雙腳！

左右兩邊的魔法陣跑出了大量的侏儒小怪物！

「那些是地上的小惡魔『地靈』！小心牠們尖銳的牙齒和速度！」莉嘉提醒著，「小心！兩邊都來了！」

悅吟再次使用時間之流牌陣，將大量附帶爆炸威力的寶劍朝中間活死人丟去，活死人的數量一減少，悅吟就趕緊用寶劍攻擊兩邊的地靈，讓魔物不至於接近自己，但是悅吟的體力和能量卻消耗得極快，相反的雷爾法靠著回收的能量，讓六芒星魔法陣不停的爬出魔物！

這樣下去，雷爾法一定會輕鬆獲勝，下場不只是悅吟和欣語會慘遭不測，恐怕全世界都會陷入危機之中！

悅吟突然改變了戰略，在三個魔法陣和黑暗隱者的周圍放了大量的權杖，將魔法陣和黑暗隱者團團的圍住！

「想要做什麼？」雷爾法冷笑著說：「就算包圍起來，妳也無法阻止魔物出現的。」雷爾法說完後，地靈一窩蜂的跑向權杖，開始攻擊悅吟塔羅牌所放出來的權杖。

「我沒有要阻止！」悅吟集中精神，用魔術師牌卡的力量喊著：「權杖！放出火焰吧！」

塔羅牌權杖的屬性屬於火，所有的權杖同時冒出了火焰！火焰剛好將三個魔法陣和黑暗隱者圍在了中間！

「區區火焰沒什麼了不起的……」雷爾法話還沒說完，突然魔法陣內出現了爆炸！雷爾法轉頭看，發現是長佑和小廣對著魔法陣內投擲汽油瓶！汽油瓶碰到火焰後開始爆炸！

「竟敢偷襲我們！這次要你一起還清！」長佑邊罵邊從背包內拿出汽油瓶，丟向雷爾法！

小廣也將汽油瓶丟向雷爾法：「敢傷害欣語！我要你付出代價！」

長佑和小廣的攻擊生效了，雷爾法向後退了幾步，這一瞬間雷爾法沒有操控黑暗隱者，黑暗隱者就像是被固定住了一樣，一動也不動；悅吟趁著這個空檔，跑向小廣他們！原先的攻擊都被黑暗隱者和活死人給擋住了，無論如何猛烈的攻擊，都攻擊不到黑暗隱者，更不用說雷爾法了，現在多虧雷爾法被小廣他們偷襲，讓悅吟有了反擊的空檔！

「不能讓你們如意！」海柔爾想要騎著芬里爾攻擊悅吟，前方卻突然有汽油瓶爆炸！海柔爾受到了波及從芬里爾身上摔了下來，重重地摔倒在地，似乎變得沒什麼體力，費力的抬起頭看到了巧菱。

「妳是誰？怎麼還有支援者？不是沒有了嗎……」海柔爾似乎非常訝異。

巧菱推了推眼鏡對著海柔爾說著：「沒發現我的存在是你們的敗筆，你們想都想不到我也會來偷襲吧？」巧菱邊說邊跑向悅吟喊著：「趁現在，破除這個黑暗隱者的黑色塔羅牌吧！」

長佑站在悅吟右邊，抽出戰車牌：「戰車！」

「教宗！」小廣站在悅吟左邊高舉著教宗牌。

「皇帝！」悅吟高舉著皇帝塔羅牌！

從皇帝牌中衝出了皇帝和四位騎士，受到了教宗的祝福後，四位騎士跳上了戰車衝向黑色隱者！能量非常的強大，將黑色隱者以及六芒星魔法陣一起炸得粉碎！

「嗚哇啊啊！」雷爾法手中的黑色隱者塔羅牌，隨著黑色隱者的瓦解，慢慢的冒出了藍色的火焰，燒了起來！在一陣能量的強大撞擊之後，周圍出現了強大的能源爆炸波！雷爾法被捲入了能源爆炸波中！

海柔爾趴在地上看著爆炸波衝向自己，自己卻沒有體力移動，只能閉上眼睛，靜靜的等待死亡的到來……

「吼！」芬里爾衝到了海柔爾面前，硬是擋住了能源爆炸波！

「芬里爾！」芬里爾剛好完全擋住了海柔爾的身體，狼毛漸漸變成焦黑……能量波發生了大爆炸！

Chapter IX.The Hermit

爆炸波炸開後，附近的樹木慘不忍睹，許多樹幹硬生生的被折斷，悅吟用塔羅牌的力量保護住大家，巧菱抱著無意識的欣語，確定大家都沒事。

小廣快速的跑到了欣語旁邊，擔心的問著：「欣語！欣語！妳沒事吧？」

「嗯……」欣語張開眼睛坐起身，睡眼惺忪的看著大家，露出了笑容：「妳們大家怎麼都在呢？我還在睡覺作夢嗎？」

不等欣語說完，小廣跪下去抱住了欣語！

「對不起……欣語……我好高興妳沒事……」小廣抱著欣語，眼淚流了出來，臉上卻帶著微笑。

欣語一瞬間臉都紅了，臉上帶著安心的微笑：「如果是夢的話，那就不用叫醒我了，讓我再作夢一下吧！」

悅吟和長佑以及巧菱互相看了一眼，悅吟和長佑一起笑了起來，巧菱則是推了推眼鏡，對著悅吟比了一個讚。

「喀喀喀……」背後突然傳來了雷爾法的笑聲！

大家緊張的向後看，發現受了傷的雷爾法似乎站在後方，臉色陰沉的笑著。

「沒想到你們還有這招，真是太小看你們了！」雷爾法笑著，身上的能量卻越來越強。

「還想要戰鬥嗎？」悅吟拿出塔羅牌，長佑他們也站到了悅吟身邊警戒著。

雷爾法邊笑著，邊往另一邊走去，一隻手抓著海柔爾的頭，將海柔爾整個人提了起來！力量之大，根本不像一個老人！

海柔爾掙扎的張開眼睛問著：「雷爾法……你幹什麼……」

雷爾法冷笑了幾聲：「海柔爾，原先我們『艾依瓦斯使者』是要在『克勞斯利的復活之夜』將肉身奉獻給克勞斯利大人的。」雷爾法邊說，邊強化了自己身上的黑暗力量，「不過……現在必須要用到妳的能量了，妳就將妳的能量奉獻給我吧！

喀喀喀！」雷爾法邊笑，邊用右手掐住了海柔爾的頸部，海柔爾身上的能量漸漸的流到了雷爾法身上！

「什麼？」悅吟不解的看著，不太曉得雷爾法在做什麼，只有巧菱臉色蒼白的看著雷爾法。

巧菱臉色蒼白的說著：「那傢伙，正在吸取那女孩子身上的能量和氣場！繼續吸下去，那女的會死的！」

「嗚啊……」海柔爾根本無力抵抗，眼睛漸漸的向上翻，似乎快沒有意識了，雷爾法則是看起來越來越有精神，彷彿剛剛的傷都已經回復了一樣。

雷爾法邪惡的笑著：「不愧是『黑薔薇魔女』海柔爾，身上的能量就是和一般修行者不同啊……喀喀喀！」海柔爾的雙手一攤，全身無力的被雷爾法掐住脖子懸在半空中……

「吼嗚——」芬里爾突然出現，撞開了雷爾法，海柔爾身體癱軟的倒在地上，芬里爾身上已經看不到一絲完整的毛，全身已經被燒得焦黑，重傷的右眼還不停的流出鮮血。

「礙事的畜生！」雷爾法舉起右手，用力的將芬里爾虛弱的身體打倒在地！芬里爾哀號了一聲，倒在地上用僅存的左眼看著海柔爾，雷爾法則是又重重的打了好幾拳在芬里爾的頭部！

海柔爾虛弱的睜開眼睛，想要爬到芬里爾身邊：「住手……不要傷害牠……」

「喀喀喀……魔狼的能量我就不客氣了！」雷爾法從身上抽出一把充滿黑色能量的匕首，朝芬里爾的胸口插進去！

「住手——」海柔爾大聲叫著，卻仍然阻止不了雷爾法的殘暴行為！芬里爾的能量被雷爾法吸收殆盡，魔狼芬里爾也消失得無影無蹤。

「被……被吸光了……」巧菱臉色慘白的說著，不只巧菱不知道該怎麼辦，連悅吟都愣在那邊，欣語和小廣以及長佑也都只能看著眼前的這一幕發呆。

「唔……喔喔喔……」雷爾法吸收了芬里爾的能量後，樣子變得非常奇怪，雷爾法痛苦的大叫著，接著身體開始出現了奇怪的變化！雷爾法的皮膚就像是脫落了

吼——
吼——

一般，臉也開始變形，變得像是惡魔一樣！除了暗紅色的皮膚之外，身軀也開始長大，雷爾法邊叫身體邊強烈的變化著！

海柔爾看了一眼雷爾法，唸唸有詞著：「活該……人類怎麼可以吸收魔狼的能量，就這樣下地獄去吧……」海柔爾冷笑了一聲，閉上了眼睛。

雷爾法變成了一具三百多公分高的怪物模樣，就像是一個超大型的地靈活死人！皮膚滲出了鮮紅色的鮮血，看起來就像是能量強到快要爆炸一樣！

「小心！那傢伙已經不是人類了！他的能量比起剛剛的黑暗隱者強大了好幾倍！」莉嘉提醒著悅吟，悅吟則是和大家緊張的靠在一起。

怪物雷爾法對著悅吟大喊一聲：「吼啊——」對著悅吟他們衝了過來！

「小心！他衝過來了！」悅吟邊說，邊用魔術師牌：「五芒星錢幣！」一瞬間，在怪物雷爾法和悅吟的中間出現了好幾面五芒星錢幣！怪物雷爾法卻像是毫不在乎一樣，硬是將五芒星錢幣一次掃開，大量的五芒星錢幣被一掃而空！怪物雷爾法衝到了悅吟面前，悅吟和大家快速的四散開來！

怪物雷爾法猛力的往下打一拳！若不是悅吟和大家散得快，那一拳下去可不是開玩笑的！

「吃這個吧！」長佑將汽油瓶點火，朝怪物雷爾法的臉上丟去！爆炸的瞬間，怪物雷爾法竟紋風不動，臉上的火焰對他沒有半點影響，怪物雷爾法轉過頭看向悅吟，對著悅吟吐出了火焰！

「五芒星錢幣！」悅吟趕緊用出五芒星錢幣，將火焰擋開！

「哇！那傢伙會吐火焰！」小廣牽著欣語的手，對著悅吟說著：「用塔羅牌陣法吧！」小廣說完，拉著欣語的手跑到了悅吟旁邊：「用那個皇帝牌吧！那個威力最強大！」

「好！時間之流陣法！」悅吟集中精神，前方召喚出來的魔法陣發出了強烈的光芒！

「皇后！」欣語抽出了皇后牌站在悅吟右邊說著。

「教宗！」小廣則是站在悅吟左邊。

「塔羅牌驅魔術！皇帝！」悅吟再次召喚出皇帝牌卡！

皇帝人物出現後，四元素的騎士一起讓教宗賜福，皇后也對著四位騎士祝福，四位騎士擁有著強化過後的強大能量衝向怪物雷爾法！

寶劍騎士砍向怪物雷爾法，權杖騎士也用冒火的權杖攻擊，錢幣騎士與聖杯騎士也發出攻擊，隨後在怪物雷爾法的身上出現了大爆炸！爆炸的能量波雖然強，但是在悅吟的結界內大家都不會受到影響。

「成功了嗎？」長佑興奮的問著。

小廣對著長佑說著：「果然皇帝牌加上我的教宗牌所向無敵呢！」

「等一下……」巧菱突然說著：「那傢伙的能量……一點也沒有減弱！」

「不會吧？」欣語看著怪物雷爾法爆炸的方向，害怕的指著：「大家快看！」

從爆炸的濃煙中走出的龐大身影就是雷爾法！雷爾法看起來就像是未受到剛剛的攻擊一樣，全身上下毫髮無傷！

「吼喔——」怪物雷爾法看起來非常的憤怒！對著悅吟他們吐出強大的火焰！

「哇！」小廣緊張的叫著！悅吟快速的使用五芒星錢幣防護，卻仍然敵不過火焰的能量！相撞的兩個能量產生的能量波撲過來將長佑等人吹得東倒西歪！

「怎麼會沒有用！」小廣緊張的問著悅吟：「那傢伙真的是怪物！快點想想辦法吧！」

「辦法？要用什麼辦法……對了！」悅吟拿出女祭司牌，對著怪物雷爾法進行偵測。

「變身成為怪物的雷爾法，全身上下的黑暗能源非常的強大……彷彿就是憤怒和仇恨的象徵……但是這股能源雷爾法無法控制，所以能量不斷的從身體內竄出，若是能破壞這個能量的平衡，就能夠讓怪物雷爾法趨向毀滅。」

悅吟感受完女祭司的解說，卻不曉得該如何做，只能愣愣地看著女祭司牌。

「怎麼樣？知道該怎麼辦了嗎？」小廣緊張的問著。

長佑突然叫著：「他衝過來了！」長佑看悅吟似乎沒有頭緒，提起裝滿汽油瓶的背袋往反方向跑：「我去引開他！悅吟你快點想想辦法！」

巧菱緊張的喊著：「背袋中都是汽油瓶，小心一點啊！」

「你這混帳！」長佑刻意繞到怪物雷爾法側面，丟了好幾個汽油瓶：「嘗嘗這個吧！」汽油瓶在怪物雷爾法臉上爆炸開來！果然這個動作激怒了怪物雷爾法，怒吼著改追著長佑！

「快想想辦法！用蠻力是行不通的！」小廣緊張的催促著，悅吟卻看著手中的塔羅牌發著呆！

愚者、魔術師、女祭司、皇后、皇帝、教宗、戀人、戰車、力量……

到底要用哪一張牌？

「快點！那怪物快要追到長佑了！」巧菱緊張的喊著。

長佑將整個背包丟向怪物雷爾法，緊張的左跑右晃的！長佑的速度已經算是很快了，但是怪物雷爾法卻不停的緊追在後！最後的汽油瓶和背袋一起在怪物雷爾法的臉上炸開，怪物雷爾法仍然毫髮無傷。

「悅吟！快點想想辦法——」長佑大聲喊著，似乎已經快沒體力了！

破壞能量平衡？全身都是黑暗能量？悅吟突然想到一個好方法！看向了小廣和欣語。

「欣語學姐和小廣學長，你們是真心喜歡對方的吧？」

面對悅吟突然這樣說，小廣緊張的說著：「這……我……該怎麼說……」

「是的，我是真心喜歡小廣。」欣語微笑著對著小廣說：「我已經不想要再逃避我的內心，小廣，我是真的喜歡你。」

看著欣語的笑容，小廣點點頭回答：「我們認識那麼久了，說真的我是第一次面對我自己的感情……我也不想要再逃避了，欣語我也喜歡妳。」

「嗚哇啊啊──我都快要被怪物殺掉了，你們還在那甜言蜜語！」怪物雷爾法將一道火焰吐向長佑！長佑被火焰的能量影響，站不穩往旁邊跌倒！

「吼──」怪物雷爾法衝到了長佑面前，打算一拳打下去！

「哇啊啊──」長佑只能無力的大喊著……

突然出現一種溫暖的能量，慢慢的擴散開來！周圍充滿了和諧與令人舒服的能量，周圍土地發出了微微的白光；這樣的變化讓怪物雷爾法停下了動作，轉過頭看向了悅吟，趁著這個空檔，長佑趕緊爬起身往悅吟跑去。

「皇后。」欣語拿著皇后牌。

「力量。」悅吟站在前面，使用了力量牌。

「戀人！」小廣有點害羞的舉起了戀人牌！

亞當和夏娃緊緊的牽著手，在皇后的祝福下發出了強大的愛的光芒，和皇后的治療淨化光芒結合成為更強大的能源光芒！馴服著獅子的人也將力量賜福給這道祥和之光，整個夜空亮得就像是白天一樣！

附近的能量和磁場都被淨化了！許多被折斷的樹木也開始冒出了新芽，這種溫暖又幸福的能量，將周圍的黑暗能量一掃而空！

「嗚呱……」怪物雷爾法身上的黑暗氣場越來越混亂！幸福的能量鑽到了怪物雷爾法的身體之中！雷爾法一瞬間恢復了意識，想起了和克勞斯利的第一次相遇。

＊

在戰亂、饑荒和死亡就像是家常便飯的時代，有個小小的身軀正在發著抖，在飢餓和疾病中掙扎，雷爾法就快要病死在一片廢墟中。

失去親人和家園的雷爾法，最後的遺願就是飽餐一頓，才不到七歲的年齡，這一段時間的變化太大了！沒有死卻像是活在地獄中？難道連再一次感受到溫飽的感覺，都這麼困難嗎？倒在寒冷又充滿死亡氣息的地上，雷爾法感覺到四肢越來越沒知覺，心裡想著應該是快死了吧？

這時雷爾法發現自己旁邊站了一位老男人，面容因為視線模糊而看不清楚，雷爾法只注意到老男人目光犀利的看著自己。

「救救我……」雷爾法用盡全力，對著眼前的老人說著。

「孩子，活著的目的是什麼？」老男人問著雷爾法。

「我好餓……我只想要吃得飽飽的……」雷爾法只有這個念頭。

「這個世界之所以充滿戰爭和不幸，就是因為少數人類控制了世界上所有的資源；如果沒有了少數人的制約，每個人都可以自由享用這個世界的資源，和平共處，這才是自由的真諦。」

雷爾法聽不懂老男人在說些什麼，只知道老男人將手放到了自己頭上。

「孩子，如果活下去，就來找我吧！我的名字是克勞斯利。」

雷爾法感受到一股暖流，隨後失去了意識。

等到醒來後，雷爾法發現自己活下來了！過沒多久，在雷爾法發現自己有吸取能量的超能力後，也在因緣際會下知道了世界上最有名的大魔導士克勞斯利已經與世長辭。

從那一天起，雷爾法就發誓要活著和克勞斯利再次相遇。

＊

「克勞斯利大人的復活已經開始了。」雷爾法對著悅吟說著：「能夠無所牽掛的新世界，就要來臨了，真想看一眼那個快樂又自由的新世界啊……」

雷爾法的身軀開始崩壞，身體慢慢的化成了粉末，消失在光芒之中。

日出已經到來了！漫長的黑夜終於要過去了！

「呼哇啊……」長佑累得倒在地上，今晚的運動量肯定比比賽多出三、四倍！這可是用命換來的啊！

「仔細想想真的好危險呢！多虧了悅吟和大家的幫忙，才能夠脫離險境。」欣語邊說，邊將頭靠在小廣肩膀上，這個舉動讓小廣臉都紅了！可是還是讓欣語靠在自己身上，並沒有推開欣語。

「做得很好唷！」莉嘉突然現身在大家的面前！這一次的莉嘉模樣非常的清楚。

「莉嘉小姐！」欣語叫出聲音，大家也看向了莉嘉，「妳這次好清楚唷！」

「是的，因為周圍都是能量的關係，我才能出現得那麼清楚。」莉嘉對著悅吟說著：「悅吟，這次辛苦妳了，能夠將四位『艾依瓦斯使者』中的兩位打倒，真的是非常的厲害。」

悅吟搖搖頭：「不是我厲害，是靠大家的幫忙才能夠成功的。」悅吟看著莉嘉問著：「『克勞斯利的復活之夜』是不是快要到來了?到底是什麼時候?」

「一個月之後的月圓之夜。負責復活之夜的組織『闇夜星辰』為了避免塔羅牌驅魔師妨礙活動，所以才會發起一連串的暗殺行動。」莉嘉皺著眉頭，對著悅吟說著：「如今世界上的塔羅牌驅魔師已經都快被暗殺光了，恐怕這世界上只剩妳一人可以阻止克勞斯利的復活了。」

「那真的成為名副其實的救世主了……」小廣看著悅吟小聲的自言自語著。

「快點行動吧！『闇夜星辰』還會做什麼，根本無法預測。」

悅吟看著莉嘉點點頭，似乎也只能靠著大家的力量去做了，毀滅世界後再重建新世界，這可不是開玩笑的。

「那麼，這傢伙怎麼辦?」突然傳來了巧菱的聲音，大家走到巧菱的旁邊，發現還有一個人活著。

「艾依瓦斯使者」的黑薔薇魔女，海柔爾！

Chapter X. Wheel of Fortune

海柔爾倒在地上，全身上下都是傷；海柔爾張開眼睛，發現悅吟等人就在自己旁邊，掙扎著坐起身警戒的看著悅吟，海柔爾突然喊著：「要殺要剮隨便你們！」邊說邊瞪著悅吟。

「我還以為她已經死了，沒有想到她還活著。」小廣邊說，邊問著悅吟：「現在該怎麼辦？把她交給警察嗎？」

「看來她已經喪失魔力了。」莉嘉突然走到了悅吟旁邊，這讓看到莉嘉的海柔爾非常激動！

「妳……妳不就是莉嘉嗎？」海柔爾充滿敵意的瞪著莉嘉：「當年封印了克勞斯利大人的妳，現在竟然還處處阻礙著我們！闇夜星辰是不會饒過你們的！」

長佑忍不住的罵著：「妳口口聲聲說的闇夜星辰，剛剛還想殺了妳耶！要不是剛剛我們打倒了雷爾法，妳早就被殺死了不是嗎？」

「嘖！」海柔爾不想爭辯，撇過頭去說著：「別說那麼多廢話了！失去魔力的我，也只能等著闇夜星辰來殺死我這個廢人而已，你們動手殺了我吧！至少讓我能為了克勞斯利大人的復活光榮犧牲吧！」海柔爾張開雙手，瞪著悅吟和莉嘉說著：「來吧！快點殺了我！」

悅吟怎麼可能會動手呢？彼此間看了看，誰都不知道該怎麼處置海柔爾。

突然欣語走到海柔爾面前，給了海柔爾一巴掌！

「啪！」清脆的一聲！

海柔爾憤怒的對著欣語罵著：「妳做什麼！這是侮辱嗎？」

「不要口口聲聲說想死！」欣語對著海柔爾說著：「我不管妳以前有多麼的厲害，現在妳既然活下來了，就應該去尋找活下去的意義，而不是這樣一直尋死！或許我無法明白這個世界到底對妳有多麼的殘酷，但是每件事情都有它的意義存在，沒有事情是絕對的。」

「放著她不管，她也是死路一條。」巧菱推了推眼鏡：「就算把她交給警察，闇夜星辰也是會想辦法殺了她，目前的她無疑是闇夜星辰最想殺掉的人之一。」

「為什麼？」長佑不解的問著：「她不是沒有魔力了嗎？闇夜星辰殺她要做什麼？」

「因為我知道太多祕密了！」海柔爾低著頭說著：「因為我擁有強大的魔力才被稱為黑薔薇魔女，當初闇夜星辰看上了我的力量，將我救出來訓練，我的自由也是闇夜星辰給的。」

「自由是在妳的心中。」欣語突然說著：「難道妳認為，死了就可以自由了嗎？妳不想要活下去嗎？」

海柔爾低著頭：「失去魔力又要被闇夜星辰追殺的我……又怎麼能活下去呢？」

欣語微笑著：「跟著我們吧！讓我們打倒闇夜星辰，讓妳獲得真正的自由吧！」

「什麼？——」長佑和小廣都驚訝的大叫著。

巧菱推了推眼鏡：「原來如此，敵人的敵人，就是朋友嗎？」

「暫時由我來照顧她吧！可以嗎？」欣語望著悅吟和莉嘉問著。

「我沒有意見。」悅吟回答完後，看著莉嘉。

「或許是天意吧！」莉嘉邊說，邊看著欣語：「身為支援者的你們，是有資格做這樣的決定的。」

「那就說好了！」欣語微笑的望向海柔爾：「這段時間妳就到我家好好的修養身體吧！我們會保護妳的。」

「開什麼玩笑！我都沒有同意……」海柔爾想要拒絕，卻被欣語半強硬的態度弄得說不出話來；海柔爾盤算著：眼下沒有別的方法了，如果想要活命，或許只有這樣的方法，到時候如果克勞斯利大人復活，再看看有沒有辦法恢復魔力，或許這樣才是最好的辦法。

「哼！隨便你們！」海柔爾不太高興的回過頭去，看起來像是接受了欣語的建議。

「那就歡迎海柔爾的加入吧！」欣語開心的說著，小廣和長佑則是無奈的彼此互相看了看，既然莉嘉都沒有反對了，那就聽從欣語的決定吧！

太陽已經露出了笑臉，或許漫長的戰鬥暫時可以告一段落了吧？莉嘉也慢慢的消失了身影，這一群世界的救世主們還要繼續趕路呢！

不遠處的樹叢中，有個男子正注視著悅吟等人。

「真沒想到他們竟然打倒了雷爾法，這樣真是太好了；接下來即將面對的危機，也要靠你們了……」男子自言自語後消失得無影無蹤。

巧菱突然轉過頭看向樹叢！突然感覺到有一股強大的能量出現後又消失，這股能量比起雷爾法來說絲毫不遜色，到底是敵是友？

「巧菱怎麼了嗎？」欣語問著巧菱。

「沒事，我們快點回去吧！」巧菱覺得沒有必要說，催促著大家快點回去。

小廣指著海柔爾說著：「那她怎麼辦？我可抱不動啊！可以用拖的嗎？」

「真是沒禮貌！」海柔爾想站起身，卻發現沒有體力站起來。

長佑走到了海柔爾面前，蹲下去對著海柔爾說著：「上來吧！我背妳回去。」

「什麼？我才不要……」海柔爾還沒說完，就被長佑背了起來！

悅吟看在眼裡，心情有些複雜，但是眼下也沒別的方法了，所以悅吟只好嘟著嘴悄悄的跟在大家後面。

要走出這個荒郊野外，要走很久呢！

＊

在山的另一個方向，有兩個小惡魔正在快速的逃命著！

剛剛樹叢中的男子拿了一把木製的大劍，硬生生的將一隻小惡魔劈開！小惡魔被劈成了兩半化成了粉末，另一隻小惡魔卻還是逃走了！

「真是太大意了，這樣闇夜星辰會發動全體攻擊的！」脖子上掛著銀製十字架，手上帶著佛珠，拿著木製大劍的男子自言自語的說著，男子看著逃走的小惡魔漸漸飛向了天空，男子也只好坐在大樹旁邊，嘆了一口氣後，從口袋中拿出了相片。

相片中，這位男子和一位漂亮的年輕女孩幸福的笑著，男子沉默了一陣子，親吻了相片後說著：「我一定會為妳報仇的……莫名其妙的成為塔羅牌驅魔師……又莫名其妙的被那個男人殺掉……這個仇，我到天涯海角都不會忘記的。」

男子的眼中充滿著仇恨。

*

在遙遠的海岸另一端，似乎是在某個國外的海岸邊的大別墅內。

黑暗中，只剩兩個人影。

「剛剛小惡魔來報告，雷爾法死了，海柔爾也背叛了我們。」男子的聲音說著，「連那個被我們殺死的塔羅牌能力繼承者旁邊的那個男人，也在那附近的樣子。」

綁著紅色大蝴蝶結，穿著黑色蘿莉塔裝的小女孩說著：「真的嗎？那不就只剩我和迪斯你了嗎？這樣子克勞斯利大人還有辦法來和我玩嗎？」

被稱為迪斯的男子擁有銀色長髮和健壯的體格，穿著黑色的長袍，慢慢的走到小女孩身旁：「艾浮多嚕，那我們只好到他們那邊去實行復活之夜了。」

「哇依——」被稱為艾浮多嚕的小女孩看起來非常高興：「這次要快點完成克勞斯利大人的復活，多嚕已經迫不及待了！」

「哼哼哼……不管是塔羅牌能力繼承者，還是那個木劍男人，這一次我都要把他們的頭砍下來，獻給克勞斯利大人！」

男子的笑聲迴盪在整個黑暗的房間中，真正的戰爭現在才開始！

培育文化
奇幻魔法 14

塔羅牌驅魔師

作者　雪原雪
責任編輯　鄭宇翔
美術編輯　林家維
封面/插畫設計師　企鵝皮

出版者　培育文化事業有限公司
信箱　yungjiuh@ms45.hinet.net
地址　新北市汐止區大同路3段194號9樓之1
電話　（02）8647-3663
傳真　（02）8674-3660
劃撥帳號　18669219
CVS代理　美璟文化有限公司
TEL／(02)27239968
FAX／(02)27239668

總經銷：永續圖書有限公司
永續圖書線上購物網
www.foreverbooks.com.tw

法律顧問　方圓法律事務所　涂成樞律師
出版日期　2014年12月

國家圖書館出版品預行編目資料

塔羅牌驅魔師 / 雪原雪著. -- 初版.
-- 新北市 : 培育文化, 民103.12
面 ;　公分. -- (奇幻魔法 ; 14)
ISBN 978-986-5862-40-4(平裝)
859.6　103021385

※為保障您的權益，每一項資料請務必確實填寫，謝謝！

姓名		性別	□男　□女
生日	年　月　日	年齡	
住宅地址	郵遞區號□□□		
行動電話		E-mail	

學歷

□國小　□國中　□高中、高職　□專科、大學以上　□其他＿＿＿＿

職業

□學生　□軍　□公　□教　□工　□商　□金融業

□資訊業　□服務業　□傳播業　□出版業　□自由業　□其他＿＿＿＿

謝謝您購買 **塔羅牌驅魔師** 與我們一起分享讀完本書後的心得。務必留下您的基本資料及電子信箱，使用我們準備的免郵回函寄回，我們每月將抽出一百名回函讀者，寄出精美禮物以及享有生日當月購書優惠！想知道更多更即時的消息，歡迎加入"永續圖書粉絲團"

您也可以使用以下傳真電話或是掃描圖檔寄回本公司電子信箱，謝謝！

傳真電話：（02）8647-3660　　電子信箱：yungjiuh@ms45.hinet.net

●請針對下列各項目為本書打分數，由高至低5～1分。

	5	4	3	2	1		5	4	3	2	1
1. 內容題材	□	□	□	□	□	2. 編排設計	□	□	□	□	□
3. 封面設計	□	□	□	□	□	4. 文字品質	□	□	□	□	□
5. 圖片品質	□	□	□	□	□	6. 裝訂印刷	□	□	□	□	□

●您購買此書的地點及店名＿＿＿＿＿＿＿＿

●您為何會購買本書？

□被文案吸引　□喜歡封面設計　□親友推薦　□喜歡作者

□網站介紹　□其他＿＿＿＿＿＿＿＿

●您認為什麼因素會影響您購買書籍的慾望？

□價格，並且合理定價是＿＿＿＿　□內容文字有足夠吸引力

□作者的知名度　□是否為暢銷書籍　□封面設計、插、漫畫

●請寫下您對編輯部的期望及建議：

★請沿此線剪下傳真、掃描或寄回，謝謝您寶貴的建議

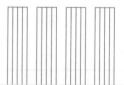

2 2 1 - 0 3

新北市汐止區大同路三段194號9樓之1

傳真電話：（02）8647-3660

E-mail：yungjiuh@ms45.hinet.net

廣　告　回　信
基隆郵局登記證
基隆廣字第200132號

培育

文化事業有限公司

讀者專用回函

塔羅牌驅魔師

培 養 文 化 育 智 心 靈 的 好 選 擇